SHANGHAI STORIES CULTURE MEDIA Co.,Ltd.

惊悚恐怖系列
HORROR SERIES

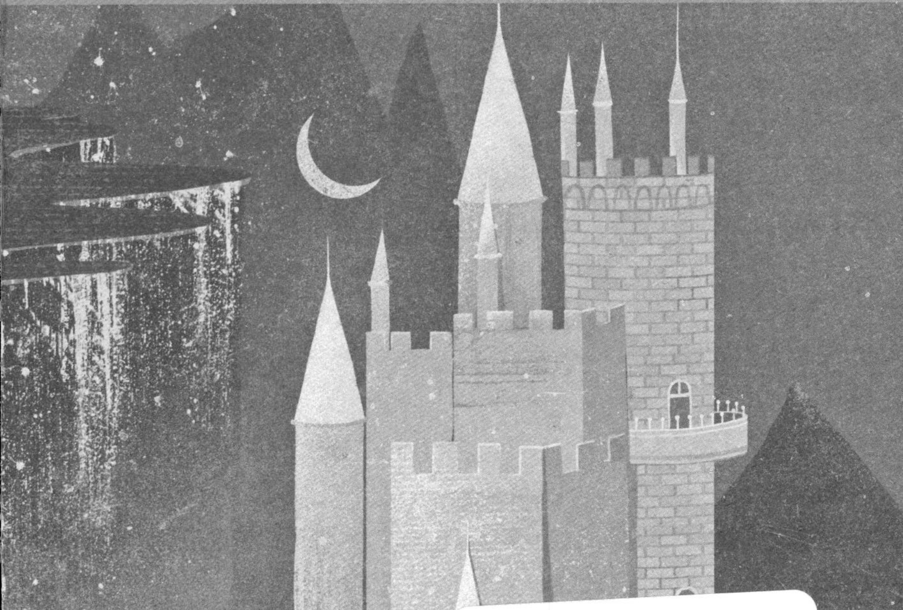

夜半口哨声

上海故事会文化传媒有限公司
上海文艺出版社

图书在版编目（CIP）数据

夜半口哨声／《故事会》编辑部编．－－上海：上海文艺出版社，2019

（故事会．惊悚恐怖系列）

ISBN 978-7-5321-6399-1

Ⅰ．①夜…Ⅱ．①故…Ⅲ．①故事－作品集－中国－当代 Ⅳ．①I247.81

中国版本图书馆CIP数据核字(2017)第161884号

书　　名：	夜半口哨声
主　　编：	夏一鸣
副 主 编：	朱　虹　吕　佳
责任编辑：	王　琦
发稿编辑：	吕　佳　朱　虹　姚自豪　丁娴瑶　陶云韫
	王　琦　曹晴雯　赵媛佳　田　芳　严　俊
装帧设计：	周　睿
封 面 画：	苏　寒
责任督印：	张　凯
出　　版：	上海文艺出版社
出　　品：	上海故事会文化传媒有限公司
	(200020　上海市绍兴路74号　www.storychina.cn)
发　　行：	上海文艺出版社发行中心（200020 上海市绍兴路50号）
印　　刷：	上海万卷印刷股份有限公司
开　　本：	787×1092　1/32　印张8
版　　次：	2019年12月第1版　2019年12月第1次印刷
书　　号：	ISBN 978-7-5321-6399-1/I·5117
定　　价：	25.00元

版权所有·不准翻印

　　上海故事会文化传媒有限公司
　　　　　　　　　　出品（00669）

想看更多精彩故事？
扫码下载故事会App

上海故事会文化传媒有限公司所有图书可办理邮购，免收邮费(挂号除外)
汇款地址：上海市黄浦区绍兴路74号(200020)；　收款人：上海故事会文化传媒有限公司出版发行部
联系电话：021-64338113
如发现本书有质量问题，请与印刷厂质量科联系 T：021-56928178

编者的话

一、中华民族自古以来便有讲故事的传统。五千年的文明绵延不断,五千年的故事口耳相传,故事成为中华民族弥足珍贵的精神财富。

二、创刊于1963年的《故事会》杂志是一本以发表当代故事为主的通俗性文学读物。50多年来,这本杂志得风气之先,发表了一大批脍炙人口的优秀作品,许多作品一经发表便不胫而走、踏石留印,故而又有中国当代故事"简写本"之称。

三、50多年来,这本杂志眼睛向下、情趣向上,传达的是中华民族最核心、最基本的价值观。

四、为让读者在最短的时间内阅读最大面积的精品力作,《故事会》编辑部特组织出版《故事会·惊悚恐怖系列》丛书。

五、丛书分为如下八本故事集:《等待第十朵花开》《飞动的黑影》《公馆魅影》《恐怖的脚步声》《日本新娘》《神秘的维纳斯》《匈奴古堡》《夜半口哨声》。

六、古人云:登东山而小鲁,登泰山而小天下。对于喜欢故事的读者来说,本丛书的创意编辑将带来超凡脱俗的阅读体验。

《故事会》编辑部

目录
Contents

闪灵·诡事
- 复仇的芭比娃娃 …………………………… 02
- 鬼话连篇 …………………………………… 06
- 致命的酒曲 ………………………………… 09
- 灵异孤儿院 ………………………………… 15
- 恐怖拍摄 …………………………………… 24
- 蒙骗死神 …………………………………… 30
- 善心如玉 …………………………………… 36

噩梦·异事
- 石囚的诅咒 ………………………………… 57
- 上钩的鱼儿 ………………………………… 64
- 手机追踪器 ………………………………… 69
- 绝代佳人 …………………………………… 76
- 步步紧逼 …………………………………… 82
- 自杀代理 …………………………………… 86
- 牙医的手段 ………………………………… 90
- 最后的凶手 ………………………………… 93
- 致命的油画 …………………………………100
- 不义之财 ……………………………………107

目录
Contents

探秘·险事

杀手与保镖·················127

蝎窟突围·················132

生死速滑·················138

给太守当厨师···············144

警察的妻子················149

送礼送鹅毛················156

凶杀与爱情················161

夜影追踪·················165

夜幕下的垃圾场··············169

夜谈·怪事

变身女友·················190

夜半口哨声················197

怪床···················203

无穷流毒·················208

女房东··················213

皮影绝唱·················219

鬼保安··················224

无耳琴师·················228

血愿···················233

闪灵·诡事
shanling guishi

无端撞鬼,或许是陷入了善恶轮回……

复仇的芭比娃娃

这天,梅姨在旅馆办好了入住手续,刚进房间,就看到地毯上躺着一个漂亮的芭比娃娃,金黄的头发,洁白的公主裙。奇怪,是谁忘在这里了?这个玩具娃娃价值不菲,梅姨把它放进了行李箱里,准备回家送给十岁的女儿,女儿一定会喜欢的。

夜里,梅姨做了一个梦,一个小女孩推着她的胳膊,说:"梅姨,我找不到鞋子了,我要穿你的鞋子。"梅姨正困,她翻了个身,不耐烦地说:"穿吧。"说完,又沉沉睡去。

第二天,梅姨下床时,发现自己的鞋子找不到了。她找遍了整个房间,哪里都没有,猛然,她惊呆了:天哪,桌子上的那个芭比娃娃,脚上穿的不正是自己的鞋子吗?只是鞋子缩小了,穿在它脚上不大不小正合适。

梅姨顿时觉得脊背上一阵发凉:它怎么会自己跑到桌子上?又怎么会穿上了她的鞋?梅姨猛然想起了昨夜的梦……她尖叫着逃离了这个房间。

梅姨办了退房手续,不大工夫,她就到了车站的售票口,她要回家,一刻也不能停!她买了车票上了车,在火车有节奏的晃动中,梅姨睡着了,恍惚中,她听到一个稚嫩的声音说:"梅姨,你怎么丢下我,让我一个人在旅馆呢?我要跟你回家。我是爱美的娃娃,我要穿你的衣服。"话音刚落,梅姨猛地感觉到有一个娃娃爬上了她的膝头,她一惊,奋力想推开身上的娃娃,但它的力气却似乎出奇地大,任梅姨怎么推都纹丝不动,还冲她"嘻嘻"地笑。梅姨惊叫一声,从梦里醒来,发现周围的乘客都在用异样的眼神看着她。

梅姨掩饰住自己的慌乱,可马上又惊叫起来:她看到那个被她丢弃在旅馆的芭比娃娃竟然正坐在她的双膝间,而且,它身上穿的正是自己新买的一件漂亮的粉红套裙,只是那裙子变小了,几乎是为它量身定做的一样!

怎么会这样?它怎么可能从旅馆来到了火车上?它又是怎么穿上自己的衣服的?梅姨用颤抖的手打开了行李箱,她发现,前两天买的那件粉红套裙真的不见了!

此时,这个芭比娃娃身上穿着梅姨的衣服,脚上穿着梅姨的鞋子,似乎正得意地看着梅姨,它那双蓝眼睛里,闪烁着挑衅的光芒。梅姨被这挑衅的眼神激怒了,她也不知哪来的勇气,猛然一把抓起芭比娃娃,拉开车窗,把它狠狠地扔了出去,然后又迅速地关好了车窗。

梅姨摁着"怦怦"直跳的胸脯,长长地吐出了一口气,这才感到稍稍轻松了些。这次她不敢轻易睡着了,她怕一睡着,那芭比娃娃又会回到她的梦里来,但这一次她的担心多余了,接下来的几天,那娃娃没再在梅姨的梦里出现过。

这天晚上,梅姨睡得正香,一阵急促的电话铃声惊醒了她,是她生意上的伙伴。伙伴说,他又接了一桩生意,让她赶紧去办,事成之后给她五万元的报酬。

梅姨动心了,这可是笔不菲的收入呢,于是,她再次提着行李箱出门了。正在街上走着,突然,一个五六岁的小女孩奔了过来,她哭泣着,跑得很急,撞到了梅姨的身上。

梅姨扶住了那女孩,弯下腰,和颜悦色地问:"小姑娘,你怎么啦?"

小女孩哭着说:"阿姨,我找不到妈妈了,你能带我去找妈妈吗?"

梅姨热心地说:"你跟阿姨走吧,阿姨保证能找到你的妈妈。"小女孩破涕为笑,小嘴甜甜地说:"阿姨真好。"说着,她就乖乖地跟在梅姨身后,俨然母女一般。

梅姨找到一家小旅馆,她告诉小女孩,现在天晚了,明天再去找妈妈吧。小女孩开心地搂着梅姨的脖子,在她脸上亲了一口,说:"谢谢阿姨。"梅姨笑了一下,不知为什么,她觉得这个吻冰冷冰冷的。

半夜里,梅姨被什么动静惊醒了,原来是那个小女孩爬到了自己的床上。小女孩撒着娇,钻进了她的怀里,伸出一双细细的小胳膊搂住了她的脖子,说:"阿姨,我要和你一起睡。"梅姨本想推开她,但不知为何,她突然想起了留在家里的女儿,有多久没有搂着女儿睡觉了?于是,梅姨的心软了,说:"乖,睡吧。"好像依偎在怀里的就是自己的女儿。

不久,梅姨沉沉地睡着了,睡梦中,她又看到了那个芭比娃娃,和以前不同的是,它这次没有穿她的衣服,而是在她怀里"咯咯"地嘻笑着。

梅姨一惊,想要推开它,可它的一双小手却死死地勒住了梅姨的脖子，它一个劲地"咯咯"笑着，手上的劲儿却越来越大。梅姨拼命地挣扎，可它的手却像绳子一样越勒越紧。梅姨渐渐不能呼吸了，她一双眼睛暴突，手停在空中……

第二天，旅馆服务人员发现了梅姨的尸体，她脸上恐怖的神情让人毛骨悚然，奇怪的是昨天同来的小女孩已不知去向，而死者怀里，却紧紧抱着一个漂亮的芭比娃娃！

警方搜查了死者的遗物，在一个笔记本上，记录了几年里拐卖儿童的数目，警方根据这些记录，抓获了一个拐卖儿童的团伙，一些孩子被成功解救。

只是，作为团伙成员之一的梅姨，她是怎么死的？是谁杀害了她？这成了警方至今无法破解的悬案……

(杨辉素)
(题图：安玉民)

鬼话连篇

《鬼话连篇》是一部短篇鬼故事集,作者蓝杉客擅长写各种稀奇古怪的鬼故事,已是小有名气,这本书一出版,便引起了轰动。

小晴很喜欢看鬼故事,这天她赶到书店想买《鬼话连篇》,却被告知这书已经售完。小晴十分惆怅,正在这时,同事小王打来了电话,正好聊起了这书,他说自己刚巧买了一本,并答应借给她看。

第二天,小晴早早来到单位等着小王,可直到下班小王也没来。后来小晴才得知,小王在上班的路上被一辆公交车轧死了,据目击者说,小王临死时,手里还紧紧攥着一本带血的书……这个消息使小晴震惊不已,她似乎觉得小王的死和那本书有着某种神秘的联系。

后来,小晴跑遍了全市所有的书店,可奇怪的是那本书已经销声匿迹。一个书店的店员说,这本书里的故事吓死了人,已经被有关部门列为禁书。

一天傍晚,小晴在车站等车,等了好久公交车也没来,恰巧车站不远处有个小书摊,小晴就顺便过去看看。小晴正在书摊前浏览着,摊主向她递来一本书,正是那本《鬼话连篇》!她再抬头一看,禁不住冒出了一身冷汗,失声惊叫起来:"小王,是你!"

"我不姓王,姓钱……"

小晴觉得太奇怪了,他明明就是小王!只是脸色黑了些,或者说是变得有些憔悴,声音也低沉了好多,整个人阴沉沉的,但是,他为什么不承认呢?

小晴又一次打量着书摊老板,问道:"你真的不是小王?"

老板说:"我骗你干什么?世上相貌酷似的人多着呢!这书你到底要不要?"

小晴手里翻着书说:"我再看看。"突然,她发现了一件奇怪的事:书的最后一页被人撕掉了!她便问:"你的书怎么缺页了?"

"没有,绝不可能!"老板连连否认,小晴把书递给他看,他看后才恍然大悟:"哦,是这么回事,这本书最后一页的故事太吓人,我怕出事,就撕掉了……"

"你有没有一本完整的书?多少钱我都会买。"

"好,你等着。"老板开始弯腰找了起来。终于,他在一个破旧的纸箱子里找出了一本《鬼话连篇》,还是崭新的。老板把书在小晴面前晃了晃,说:"小姐,这本书保证不缺页。你要的话,100块钱。"

这本书卖100块钱显然是太贵了,这老板奇货可居,故意在抬价。但小晴却觉得物有所值,毫不犹豫地掏出了钱。老板接过钱后没有立即把书给小晴,他眼中闪烁着诡异的光,压低了声音,表情有点神秘地说:"小姐,你得记住,这书一定要回家之后才能打开,特别是最后一页,如果在这里看,不光对你不好,还会影响别人,影响到我的生意。"

小晴下意识地点了点头,她接过书,转身离去。到了车站,公交车仍然没来,小晴百无聊赖,耐不住性子,便想看看这书的最后一页,谁知刚把书打开,还没翻到最后一页,突然一个人冲过来和她撞了个满怀,小晴身子一晃,"啪嗒"一声,书掉到了地上,还没等小晴弄清怎么回事,那人已经跑远了,看背影,那么像死去的小王!

难道是死去的小王在暗示我别看这本书?小晴转念又一想,也许撞我的人就是那个卖书的老板?于是她回过头去看那个书摊,奇怪,那书摊竟消失得无影无踪了!

这时,公交车靠站了,小晴捡起书,匆匆上了车。回到家天已黑了,空荡荡的房间里只有小晴一个人,她开了灯,迫不及待地把书放到茶几上,自己在沙发里坐下,她想看那书的最后一页,但是手还没碰到书,却被一阵巨大的恐惧惊骇住了……

犹豫了好久之后,小晴还是决定要看。

"5,4,3,2……"小晴开始倒数,"哗",书的最后一页终于翻开了。小晴真的惊呆了,因为最后一页上没别的内容,只有几个字:定价10元!

(安　伟)

(题图:安玉民)

致命的酒曲

死 缸

朱子期出身酿酒世家，他酿出的烧锅酒绵软醇厚，远近闻名。可这年，苏北连年灾害，他只好舍弃祖业，带着女儿阿朱辗转来到东北卢家镇落了脚，还盘下了一家败落的酒作坊，用来营生。

朱子期和女儿紧锣密鼓地忙了三个月，第一批烧锅酒终于酿成了。女儿阿朱迫不及待地舀出一勺酒品尝，却"哇"的一声全吐了出来，喊道："这哪是酒啊，简直是辣椒水嘛！"朱子期闻声连忙尝了一口，也吐掉了，心里大感疑惑：水是甘冽的井水，粮食是当年最饱满的高粱米外加纯正山里红薯干，技术是祖传的，怎么会酿不出好酒？

这天，朱子期独自在家里喝闷酒，突然听到有人敲门，开门一看，竟是镇长拿着一挂腊肉来拜访。朱子期忙把镇长让进屋，倒了杯自酿的烧酒奉上。镇长尝了一口，不觉皱起了眉："知道老弟今日启缸，却没见把酒分出去，想着就是没酿好。不过，不瞒老弟说啊，几十年前这作坊主是一对刘家父子，他们的第一缸酒好像味道也不好，后来却是越酿越好，方圆百里都来打酒喝，刘家可是赚了个盆满钵溢呢。"

"那刘家父子后来去哪里了？"朱子期好奇问道。镇长叹了口气，轻声说："听说，是揣着大锭银子去城里享清福了。不过也有人说，老刘头突然得了魔症，去当了和尚。哎，自从他们走后，这作坊就没了主。可惜了啊！"

送走镇长，朱子期已经有了几分醉意，他独自来到仓房，望着几只空缸，暗自失望：本指望这头茬酒能一炮打响，想不到竟是这个结果！朱子期边想，边将空缸一一排放到墙角，突然，他发现墙上有一片潮湿，心里嘀咕道：真奇怪，酒仓的温度差不多是维持不变的，怎么会出现返潮的现象？

朱子期蹲下身，伸手抠了抠墙面，一块墙皮状的东西被揭了起来。他的心一沉，这后面莫非封着什么东西？再用力抠，整片泥巴全被扯了下来，往里一探头，竟然看到一只被泥糊得严严实实的酒缸。朱子期好生奇怪，他小心翼翼地取出酒缸，揭掉上面的泥巴，又举起火把一照，只见缸身通体漆黑，上面描着两个歪歪扭扭的字：死缸。

死缸是什么意思？朱子期用手一刮，上面的字迹有些掉下来，轻轻一捻，有淡淡的腥味儿，像是血。朱子期不解，小心地将泥封打开，这一开不要紧，只闻到一股扑鼻的异香，那感觉，真如醍醐灌顶一般。朱子期的心颤了几颤：这可是上等的陈年酒曲啊！有了这样的酒曲，何愁酿不出美酒来?

朱子期大喜过望,当下取些酒曲分别放进几只大缸。他有了信心,明天开始再酿烧锅酒!这时,屋梁上突然传来一声响动,朱子期仰头看时,只见一个黑影迅速爬到窗边,逃走了。

烧 血

虽然朱子期预感到自己的好运气来了,可他万万没料到,因为加了特殊的酒曲,他的烧锅酒竟提前一个月出锅了。酒缸开封,全镇都像倾倒了美酒一般,满街的扑鼻香气。那味道就像令人格外舒服的小虫子,不停地往人们鼻孔里钻。所以,没等朱子期相请,镇上的百姓都来道贺了。

第一缸酒,照例是要答谢众乡邻的帮衬。这第二缸酒,就要收钱了。朱子期一连酿了五缸,短短三天,全都被抢购一空。不仅如此,这酒香还飘到了外镇,附近的人都拿着酒壶赶来打烧酒。朱子期心花怒放,一边收着碎银子,一边对阿朱说:"女儿,你的嫁妆有了。呵呵,这回阿爹可不用发愁了!"

阿朱当即羞红了脸。原来,她和家乡的一个秀才订了婚,本打算今年完婚的,可是,秀才的父亲不幸病故,秀才要守孝三年,所以就推迟了婚期。

回到仓房后,朱子期小心地将那缸酒曲好好封存。突然,他看到酒缸边上有什么东西,伸手一摸,黏乎乎一片,举起火把照照,竟然是一摊鲜血!朱子期的心一下子提到了喉咙口,这是哪儿流出来的血?

就在这时,街上突然传来一阵撕心裂肺的号哭声。那是一个老妇人的哭声,他的儿子是个贼,一直有小偷小摸的毛病。没想到这次,竟然从人家屋梁上掉了下来,摔死了……

朱子期突然想起不久前看到的那个黑影,会不会是他?朱子期脑中一闪念,再次揭开死缸,取出了酒曲。令人惊愕的是,里面的酒曲不仅没见少,反而更多了。这酒曲,莫非能自己生长不成?朱子期震惊不已。

三个月后,朱子期酿出的酒越发甜美清香,那香味像天上的云彩,把十里八乡都罩住了。来买酒的人蜂拥而至,朱子期不得不限量出售,每个人仅能购两斤。尝过酒的老人说,这样的美酒只在几十年前喝过,那是老刘头酿造的。想不到,在老刘头之后,他们还能尝到这样的美酒!

不过两天工夫,朱子期的酒销售一空。看着箩筐里白花花的银子,朱子期高兴地哼起了小曲儿,心说:这下,女儿阿朱可以衣食无忧了。不过,有了那么丰厚的嫁妆,阿朱完全可以找个更好的人家……何必委身于穷秀才呢?

这天,天色渐晚,外出的阿朱还不见回来,朱子期有点不放心,起身出了门。就在街角,他看到一个男人正在调戏阿朱。阿朱被逼到了墙角,吓得脸色惨白,而那男人明显喝了酒,目光异常淫邪。

朱子期一看这情形,马上血气翻涌,上去一拳打在了男人的脸上,拉起女儿就回家。

夜里,朱子期躺在床上,翻来覆去睡不着觉,心里盘算着要给女儿另找一门好亲家。正想着,突然听到街上一阵大呼小叫,朱子期急忙披上衣服出了门。

大老远,他就看到众人围着一株大柳树,走近一看,原来是刚才调戏阿朱的男人吊死在了树上。镇上的人议论纷纷,说这男人是个赌徒,将家业输净，前阵子索性连老婆都输了，现在走上这条绝路，似乎并不难理解。

朱子期的心像被砸了一拳。他匆匆回到仓房，移开死缸，只见一摊鲜血就在缸边，极为醒目。朱子期后退了两步，差点儿一屁股坐到地上。

酒 鬼

一连死了两个人，朱子期的心里没底了。老刘头之所以把这死缸封起来，会不会和死人有关呢？无论如何，这件事透着一股子诡异。但死的毕竟只是两个混账小子，朱子期望着酒缸，想到那扑鼻的美酒，还有白花花的银子，当即把死人的事丢到了脑后。

朱子期开始酿今年的第三批酒。这次，要酿十五缸。等这些酒启了封，至少能赚几百两银子，再加上以前的积蓄，少说也有个一千两。朱子期越想越高兴，心说：等卖完了这些酒，就把作坊关了，先给女儿挑个好人家。听说，镇长的儿子学问不错，相貌堂堂，不如到时候撮合一下……

日子一天天过去，十五缸酒终于到了启封的日子。朱子期还没开坛，早有两里长的队伍在等着了。卖完酒，将散碎银子全部兑成整的，竟有上千两，朱子期笑得嘴都合不拢了。他将银子放进匣子，准备把作坊封起来。可是，当他摆放死缸的时候，却一眼看到有鲜血正从死缸里丝丝缕缕地渗出来……

就在这时，女儿房间里传来阿朱痛苦的尖叫声。朱子期大惊，三步并作两步冲到女儿的房间，只见阿朱披头散发，鲜血正顺着她的嘴角流出来。一见到朱子期，女儿突然坐起身，嘴里却是一个陌生男人的声音：

"没有人能阻止你酿酒,你要一直酿下去,永远都不能停下来……"

朱子期的额头沁出冷汗,他厉声说:"你放开我女儿!我可以酿酒,一直酿酒,只要你放开她!"

那个声音冷笑道:"晚了,说什么都晚了。"

朱子期看着女儿痛苦的神情,突然想到了死缸前的鲜血,他猛地转身出门,抄起一根铁棍朝着死缸砸去。可是,那缸却如铜铁一般,根本砸不烂。听着女儿的声音越来越微弱,他觉得自己的心都要撕裂了。没有了女儿,自己还要这酒坊做什么?朱子期万念俱灰,突然,他像是发了疯一样,狠命地往死缸上撞去……

第二天,人们发现酒作坊的老板朱子期不见了,女儿阿朱也不知道父亲去了哪里。

人们更不知道,几十年前,那作坊的主人老刘头酿酒成痴,因为酿不出美酒,他竟和酒鬼订下了协议,每出一批美酒,他就要祭献一个人做酒曲。可是,老刘头怎么都没想到,最后自己的儿子竟也成了酒曲。他愤怒至极,毁不掉死缸,便把它封存深埋起来,而自己一个人远走他乡,最终客死异地。

(麦　子)

(题图:黄全昌)

灵异孤儿院

　　爱丽丝小时候一直生活在孤儿院里，直到七岁时，才被一个富裕的家庭领养。

　　多年以后，爱丽丝长大成人，结了婚，并拥有了一大笔财产。可是她却总忘不了那所孤儿院。终于，她和丈夫皮特一起，带着领养的儿子邓肯，回到了那里。可此时的孤儿院早已人去楼空，变成了一个空荡荡的大宅子。

　　爱丽丝决定买下这房子，并且办一个幼儿园，让这里恢复以往的热闹。经过简单的修整，爱丽丝一家便搬了进来。

　　这天夜里，爱丽丝突然被邓肯的叫声惊醒了，她赶忙跑进邓肯的房间，问出了什么事。

　　邓肯叫道："妈妈，迈克和苏菲吵得我睡不着觉。"

原来邓肯有一种怪病,总是说一些奇怪的话。最近,他常说自己梦见一些和自己一般大小的孩子在屋子里跑来跑去,还说在这屋子里认识了迈克和苏菲两个新朋友。

爱丽丝想,一定是邓肯太寂寞了,所以才想象出一些不存在的孩子,她笑着抱住邓肯:"妈妈给你唱歌,这样你就听不到他们的吵闹声了。"

第二天,爱丽丝正在看书,突然听到一阵敲门声。她打开大门一看,只见门口站着一个七十多岁的老太婆,骨瘦如柴,脸色苍白,那双深陷进去的眼睛闪过一丝诡异。老太婆说她有办法治好邓肯的病,只要能让她在这里和邓肯呆几天。

爱丽丝一惊,说:"你怎么知道邓肯有病?"

"噢,我是福利院的义工,邓肯是你们领养的孩子,不是吗?"

爱丽丝摇摇头说道:"我丈夫就是医生,可以给他最好的治疗。而且邓肯并不知道自己是被领养的,也不知道他自己有病,我不想让他这么小年纪就承受这么多压力。谢谢你的好意。现在可以请你离开吗?"

送走老太婆,爱丽丝关上房门,她想起老太婆冰冷的眼光,就觉着有股寒意穿过脊梁,这目光似乎又有些熟悉,到底在哪里见过呢?爱丽丝想不起来了。

当天晚上,爱丽丝忽然被一阵敲打声惊醒。声音似乎是从庭院里那个储藏室传来的。爱丽丝没有叫醒丈夫,独自一人到庭院查看。她壮起胆子推开布满积尘的储藏室大门,在打开手电筒的一瞬间,爱丽丝忍不住惊叫起来。原来,白天来访的那个怪老太婆正一声不吭地躲在角落里望着她,脸色阴森可怖。

爱丽丝吓得掉头就跑。她叫醒丈夫,可是当两人重新回到储藏室的时候,老太婆已经不见了。这储藏室里放的都是废弃品,而且大部分都是孤儿院以前的物品,老太婆深夜摸进这里干什么呢?爱丽丝百思不得其解,只好把这件事暂时放到一边。

日子一天一天过去了,邓肯还是和以前一样无忧无虑,不时和爱丽丝谈论他的那些看不见的朋友。邓肯告诉妈妈他的朋友现在已经有了六个,他还在纸上画下了朋友的模样。

每当这时,爱丽丝就爱抚着邓肯的头,假装对他那些朋友很感兴趣。她想只要开办起幼儿园,有小朋友陪邓肯一起玩,邓肯就不会再产生幻觉了。她向感兴趣的家长们发出邀请,邀请他们带着孩子前来参加一个面具游园会,她想让父母们参观一下这个幼儿园的设施,以此决定是否要把自己的小孩送到这里来。

时间过得很快,到了游园会这一天,小院前所未有地热闹起来,到处都是孩子们的嬉笑声。

邓肯终于有玩伴了,爱丽丝高兴极了,她见邓肯还没有从卧室里出来,便跑上楼去叫他。可是邓肯却嘟起小嘴大声道:"我不下去!妈妈,你和我一起去看汤姆的小屋吧!我答应汤姆去看的。"

到了这个时候,邓肯还这样胡闹,爱丽丝生气极了,扬手就扇了邓肯一耳光。

这是邓肯第一次挨打,他抚着火辣辣的脸蛋望着爱丽丝,眼中充满委屈。爱丽丝也有些后悔,她蹲下声,柔声道:"好孩子,跟妈妈一起下去,那里有很多小朋友。"可邓肯一边后退,一边摇头。爱丽丝叹口气说:"那么好吧,你就呆在这里吧。"说完她走下楼去。

丈夫皮特正忙着给孩子们派发面具,有小鹿、小熊、小猪……就连大人也戴上了面具和孩子们一起玩耍。皮特见爱丽丝一个人神情沮丧地走过来,已经猜到了一切,他递上一个面具说:"邓肯第一次见到这么多孩子,可能还有些不好意思,好好跟他说,他会下来的。"

爱丽丝微笑着接过面具,重新上楼找邓肯,可是邓肯并不在他的房间里,爱丽丝将二楼的房间找了个遍,也没有邓肯的踪影。

爱丽丝有些慌了,她一边呼唤着邓肯的名字,一边找到三楼。当来到浴室门前时,她看见一个戴着马铃薯面具的孩子站在那里,一声不吭地看着她。

"邓肯,是你吗,我的孩子?"

她一步步走近孩子,伸手去摘那孩子的面具。孩子突然发出一声尖叫,用力将爱丽丝推开。爱丽丝猝不及防,被一下子推进了浴室,摔进了浴缸里。当她从浴缸里挣扎着起来时,发现门已经被小孩反锁了。

爱丽丝奋力敲门大声呼救,最后还是皮特赶来撬开了浴室门。爱丽丝惊惶地将孩子失踪的事告诉了皮特。皮特也着急起来,两人立刻四处寻找邓肯。可房子里都是戴着面具的小孩,爱丽丝和皮特只有一个个揭开小孩的面具,看是不是邓肯,但他们始终没有找到。

夕阳西下,所有的孩子都跟父母回家了,空荡荡的房子里只剩下爱丽丝和皮特,他们的孩子就这样神秘失踪了。

皮特找来了警察帮忙,在大街小巷张贴寻人告示,他们想尽了一切办法,可就是找不到邓肯。根据调查,那天来玩耍的孩子没有一个是戴马铃薯面具的,除了爱丽丝,也没有人看到过戴着马铃薯面具的小孩。那么,这小孩究竟是谁?他是怎么进入房子,又是怎么离开的呢?爱丽丝还和警方说起了那个怪老太婆的事,可是这个老太婆仿佛人间蒸发似的,再也找不到了。

孩子失踪后的一天夜里,爱丽丝突然听到房子里有拼命敲打东西的声音,她想起了邓肯失踪那天说过要去看汤姆的小屋,难道就是这个叫做汤姆的幽灵带走了邓肯?爱丽丝战战兢兢地从床上爬起来,刚要出去查看,整栋房子突然发出一声巨响,天花板一阵剧烈颤动。但在这一声巨响之后,一切都回归了平静。

五个月过去了,找到邓肯的希望越来越渺茫。人们都认为,经历了这么长时间,孩子很可能已经死了。

就在夫妻俩快要绝望的时候,他们突然在大街上看到了那个怪老太婆。爱丽丝大叫着,要停下车追她。正在过马路的老太婆听到了爱丽丝的叫声,停下脚步,刚要向这边望过来,一辆疾驰而来的卡车撞上了老太婆,从她身体上碾了过去。

爱丽丝激动得大声呼喊,扑在老人血肉模糊的尸体上,不停地追问着邓肯的下落。可是老人再也没法说出一个字来。有人认出她是孤儿院以前的护士,名叫切西娅。

爱丽丝这才想起来,过去在孤儿院确实有这个护士,怪不得她的目光那么熟悉。在切西娅的遗物中,人们还发现了一张照片,是三十年前孤儿院的护士和孤儿们一起拍下的。照片里不但有切西娅护士,还有那个戴着马铃薯面具的小孩。

警方告诉爱丽丝,那个戴马铃薯面具的小孩是在爱丽丝被领养走以后才被送到孤儿院的,名字叫做汤姆。因为他是个畸形儿,五官都挤在了一块儿,所以整天戴着个面具,后来不久,汤姆就失踪了。

爱丽丝盯着照片里的汤姆,倒抽了一口凉气,这个小孩和那天她在浴室前看到的孩子一模一样!爱丽丝心里越来越肯定,邓肯一定是被汤姆带走的。汤姆、迈克、苏菲……根据邓肯的描述,这个房子里共有六个幽灵小孩,可是除了得病的邓肯能看见他们,正常人根本无法和他们沟通!

切西娅是当年孤儿院的护士，事隔多年她又回来，并且在深夜摸进储藏室，她究竟想干什么？储藏室里放的都是三十年前孤儿院的废弃物品，难道她是为了找什么东西？

为了找到孩子，爱丽丝不放过任何线索，她立刻开始查找储藏室，没想到竟然在储藏室的暗柜里找出了六个麻袋，每一个麻袋里装着一具孩童的尸骨，麻袋上还写着小孩的名字：迈克、苏菲、汤姆……

爱丽丝突然明白了，当年是切西娅杀死了这些小孩，又把他们的尸体藏在了这里。三十年后切西娅回来，就是为了取走这些麻袋销毁证据。而这些死去的小孩却化成了幽灵，游荡在孤儿院里，直到他们夫妻二人带着邓肯搬进这个地方。

孩子的尸骨被警察带走了，绝望的皮特想带妻子离开这个地方，忘记发生的一切。但爱丽丝却说什么也不肯走，她流着泪对皮特说："我能感觉到邓肯一定就在这里，和他那六个幽灵朋友在一起。三天，你给我三天时间让我一个人呆在这里，如果还是没有结果我一定跟你走。"

原来爱丽丝想要通灵，用特殊的方法与那些幽灵孩子交流！小时候在孤儿院里，她曾听孤儿院的院长讲过这种方法。她想，这是自己唯一的希望了。

爱丽丝把邓肯卧室的大床和家具都搬走，换上了六张儿童床。每天她都到树林里采摘小孩最爱吃的草莓，学习烹调儿童餐。依据儿时的记忆，爱丽丝努力将房子里的布置恢复成三十年前孤儿院的样子，她做好了六份美味可口的儿童晚餐，自己则换上孤儿院的护士服，等待六个幽灵孩子的出现。

第一天过去了，桌上的饭菜没人动，六张小床的床单平平整整，显然没有人睡过。

第二天，爱丽丝又做好了香喷喷热腾腾的饭菜，但孩子还是没有出现。

到了第三天夜里，爱丽丝彻底崩溃了，她绝望地对着空无一人的屋子大喊："你们究竟要我怎么样？我还能怎么做？我没有时间了啊！"

爱丽丝伤心地哭了起来，她回忆着自己的童年，那时拥有可口的食物和舒适的床铺就是最大的幸福啊，他们究竟还想要什么呢？突然，爱丽丝脑中灵光一闪——对啊！对孩子来说，玩耍才是最重要的啊！自己当年在孤儿院时，大部分时间不是都在玩吗？

爱丽丝对着空屋大喊道："你们想玩游戏，对吗？好吧！我就再陪你们玩一会，但是你们要答应我，让我找到邓肯！好吗？"

爱丽丝想起幼年最爱玩的"木头人"游戏，一个小朋友面对着墙从"一"数到"三"，这期间其他孩子可以到处移动，但当"三"喊完，数数的孩子转身时，其他的孩子都必须站在原地不动。

爱丽丝走到屋子一角，拍打着墙壁开始数数。每次数到三，她都要回头看，但每一次她看到的都只是空荡荡的房间。爱丽丝流下了眼泪，心里对自己说这不过是徒劳，但她仍然不甘心放弃，并且越喊越大声。当爱丽丝第四次数数时，身后的房门突然"嘎"的一声响了。爱丽丝回过头，发现之前一直紧闭的门居然打开了。

爱丽丝高兴起来，她回过头面对墙又开始数数："一、二、三，木头人！"这一次，她回过头，发现门边站着五个小小的黑影，那些幽灵孩子终于现身了！

爱丽丝破涕为笑，转过头又开始数数。这次没等她数到三，背后就有一只小手轻轻拍了她一下。

爱丽丝转过头，发现孩子们开始四散奔逃。根据游戏规则，碰到自己的人就是"木头人",这时"木头人"必须马上逃走,只要捉到"木头人",那么"木头人"就输了。

爱丽丝赶紧去追那个拍她肩膀的孩子,一边追一边大喊道:"告诉我,邓肯到底在哪里?告诉我!"

两人一追一逃,就这样跑到楼下存放铁锹、铁铲等工具的杂物房,孩子在这里消失了。爱丽丝打开杂物房的房门,想找到孩子,可她一走进去,房门就关上了。

爱丽丝心中犯疑,重新打开房门,可是刚一打开,房门又被关上了。他们为什么要关上房门呢?难道是在暗示邓肯就在这个杂物房里?

爱丽丝一阵激动,她想起邓肯失踪的当天,自己也曾经到这里搜寻过,当时还不小心弄倒了一些铁锹。可是那个时候邓肯并不在这里啊!

爱丽丝仔细地搜索,很快她发现杂物房的一面板壁上居然隐藏着一个暗门,几把沉重的铁锹抵住了门把手。爱丽丝搬开铁锹,扭开门把手,呈现在眼前的竟是一个幽暗的地下室。小邓肯的尸体就平躺在地下室的地面上。

原来邓肯说的汤姆的小屋,就是这个地下室。那天邓肯一个人跑进了杂物房,从暗门走到了地下室。

可是后来爱丽丝在搜查杂物房的时候不小心打翻了铁锹,当她重新把这些铁锹搬起来时,无意中竟压在了暗门上,暗门被沉重的铁锹抵住了,邓肯肯定打不开门。爱丽丝想起那天深夜听到的拍打声,正是小邓肯在向自己求救啊!至于后来屋子里那声响动,应该就是邓肯失足从地下室楼梯摔下来,脑袋碰到地面时发出来的吧?

原来邓肯一直就在这个屋子里,而且是被自己间接害死的!爱丽丝撕心裂肺地大叫一声"不——",哭声响彻了整个屋子。

第二天,皮特在房间里发现了妻子的尸体,伤心欲绝的爱丽丝吞服了安眠药,抱着邓肯安静地死去了。

从那以后,这所房子变成了无人居住的空屋,爱丽丝母子永远长眠在屋前庭院的空地上。有人说,每到夜深人静的时候,都会听到庭院里传出小孩的嬉笑声。在星光灿烂的晚上,还可以看到一个女人抱着孩子数星星,在她周围则簇拥着一群可爱的孩子。

(改编:刘中杰)
(题图:佐 夫)

恐怖拍摄

导演无意中看到一部十年前的老电影。那是一部恐怖片,不知什么原因,一直没有和观众见面。片中女主角的精彩表演让人过目难忘。导演被她的演技折服,决定找她出演自己的下一部电影。

导演颇费了些周折才找到她。没想到,女人依旧和十年前一样漂亮,岁月仿佛并没在她脸上留下什么痕迹。她答应了导演的请求。

导演打算拍的电影内容是:一个女人受到了诅咒,从此不能微笑。任何看到她笑容的人都将死于非命。导演有信心把它拍成一部恐怖电影的传世经典。

第一场戏是女主角得知自己被施了诅咒的一场哭戏。女人听导演说戏的时候面无表情,导演还担心她不能理解自己的意思,可刚一喊"开始",女人立即进入角色,她哭得肝肠寸断,欲罢不能。导演一喊"停",她又立即收住哭声,从地上爬起来,若无其事地整理弄乱的衣服。

一般演员进入角色和走出角色都需要一段时间,可这个女人像一台机器,好像一摁按钮,她的哭声就能随时开始和停止。

导演隐约觉得这女人有些奇怪。

拍摄进行得很顺利,女人出色的演技几乎没让导演费什么心。然而导演越来越觉得这女人不寻常:她总是一个人,从不见她的经纪人,也没有亲戚朋友来探她的班。她也从不和剧组的其他人说话,拍完了自己的戏份就在角落里安安静静坐着。

那天拍的戏是女主角刚刚经历了一场大劫难,精疲力竭,伤痕累累。拍摄时间到了,可女主角还没有出现。正当导演焦急地掏出电话时,他发现所有人的目光都聚焦在自己身后,导演扭头一看,女人正一瘸一拐地朝他走来。她长长的头发湿湿地粘在一起,衣服肮脏破烂,满是血污。她弓着背,一条手臂像折断的树枝一样垂挂在胸前,另一只手则紧紧握住一把血迹斑斑的斧头。她就那样脸色苍白、目光空洞地朝人们走来,仿佛刚刚经历了一场殊死搏斗。

导演眼睛一亮,大喊道:"开拍!"

导演正屏着呼吸看女人出神入化的表演,突然,一只手搭上了他的肩。导演回过头,只见化装师喘着粗气站在背后,导演露出笑容,刚想表扬他化装手法高明,化装师惶恐地先开了口:"对不起导演,我来晚了。"

导演的笑容僵在了脸上。但事后他没有询问女人,他现在对这个沉默寡言的女人有些敬而远之。导演这样对自己解释:也许是她自己化的装,毕竟,她是个敬业的演员。

这天，情节需要拍摄一场女主角的裸露戏，征得女人同意后，导演把拍摄地点选在了一间小屋。除了女人，导演只留下一位摄影师、一位灯光师。

女人脱光了衣服，柔和昏暗的灯光下，她的身材玲珑有致，皮肤闪着润泽的光。导演很年轻，他似乎感到自己的血液在不安分地流动。

突然，灯灭了，一团漆黑。灯光师轻声道："好像线路出问题了。"摄影师赶紧上前帮忙。

这时，导演似乎听到女人的一声惊呼，他觉得自己有责任减轻演员的恐慌，于是他摸索着坐到床边，劝慰道："一点儿小麻烦，很快就会好的，别害怕……"

黑暗中，一条滑腻的手臂蛇一样攀上导演的脖颈，一个指头在他耳根旁轻柔地画着圆圈。

导演惊呆了，他心跳得很快，吃力地咽了口唾沫，虽然对圈子里的一些事早有耳闻，可他自己还从来没尝试过。这个女人是老了，可你根本猜不出她的年纪……

"好了！"灯光师如释重负地喊了一声。

灯光亮起的一刹那，那条手臂立刻离开了导演的肩膀。导演看到了女人那张像往常一样毫无表情的脸，同时，他也看到女人在灯光亮起的一瞬间把什么东西塞到了枕头下面。

拍摄结束了。女人离开后，导演走到床边，掀开枕头。他倒吸了一口冷气：白色的床单上，躺着一把锋利的水果刀。

导演想不明白这个女人究竟要干什么，难道她曾被别的导演抛弃过，导致了心理变态？他安慰自己，明天就是杀青戏了，电影就要拍完了，无论那个女人多奇怪、多可怕，自己都不会再接触她了。

最后拍的这场戏也是电影中的最后一幕：女主角的诅咒被解除，对着心爱的男人露出了灿烂的笑容。导演通过监视器，看着那张在演戏时表情丰富、下戏后却单调苍白的脸，喊："开始！"

女人笑了，如释重负地笑、劫后余生地笑、舒展至极地笑，笑得真诚、热情、完美无瑕。这笑使女人看上去更年轻、更美丽。

猛地，导演想起了是什么使他觉得这女人奇怪。

之前他从没看这女人笑过！

导演顿觉毛骨悚然，有气无力地喊："停！"

之后的拍摄很不顺利，所有工作人员都感觉到和女人演对手戏的男演员心不在焉，神情恍惚。最后一条勉强通过时，大家都笑着讽刺他没出息，看到女人笑就心慌意乱。导演没有跟着起哄，他悄悄注视着女人。

女人没和任何人打招呼，径直朝摄影棚外走去。

第二天清晨，导演接到一个电话：那个男演员死了。他失足从楼梯上跌下去，被楼道里堆放的钢材刺穿了心脏。

剧组里的人都感叹世事难料，可也有人说："这也太巧了……"

导演知道这"太巧了"是什么意思，可他不愿意相信这无稽之谈。现在他只想着把片子剪完，然后好好休个长假。

深夜，剪片室里只剩下导演一人还在忙碌。突然电话铃响了，导演不耐烦地接起电话："喂，喂？说话！"电话那头传来一阵诡异的笑声："嘿嘿嘿嘿……"

是那女人！虽然导演和她没说过几次话，可天天听她说台词，也能准确地辨认出她的声音。这笑声，让导演想起了女人浑身血污的样子、枕头下闪着寒光的小刀、离奇死亡的男演员和监视器里女人被放大的笑容……他强作镇定,咳了一声:"呃,有什么事吗?"

"嘿嘿,你觉得我演得好不好?你觉得我演得好不好……嘿嘿……"女人的笑声渐渐弱下去,然后是一串尖锐的忙音。

导演把电话扔在地上,努力平复自己的心跳,他想:这个女人真是疯了,可她的演技又是多么精湛,她几乎是我见过最好的演员,演得就像真的一样。

就像真的一样!导演心中一动,猛地从椅子上弹起来,胡乱地翻着已经剪好的带子。他手忙脚乱地把一本带子塞进放映机。这不可能!这不可能!他反复告诉自己。他现在要找到这个女人的破绽!哪怕只一处脱离角色的痕迹也能推翻那可怕的设想。

画面出现了,那是一个女人美丽苍白的脸,她慢慢绽放出一个微笑。导演不相信地向前倒带,可自始至终都不见拍好的影片内容,只有女人的笑脸占据着整个屏幕。她旁若无人、悄无声息地笑着,她的笑容像定格在那里,就这样毫不厌烦、不知疲倦地笑着、笑着……

一星期后,报纸刊登了这位年轻导演退出电影界的报道。一些资深业内人士对此表示了极大的惋惜。据某影迷透露,他曾在市医院的精神科看到了这位导演。不过这只是小道消息,不足为信。

而这时,女人正站在一个富丽堂皇的客厅中央,这里是一位著名电影大师的家。

大师对女人说道:"你总能让我满意。这是你应得的。"

女人点点头,从大师手里接过一只精致的密码箱,朝门外走去。

大师把身体陷进沙发里,惬意地微笑:我怎么能容忍一个初出茅庐的小子大出风头?我并没有做什么,只是让那小子丢失点儿创作的灵感。让他看到那部禁片,在道具上做点小手脚,让人偷换他剪辑好的胶片,这些都是轻而易举的。只有那个男主角的死亡,是个意外,但这让我的计划更完美,看来连老天也在帮我的忙。我才是真正的电影大师,我才是制造恐怖的天才!

而女人回到家里,打开密码箱,里面是一支针剂。这昂贵的针剂对抗衰老有着显著而持久的功效。

女人想:是的,十年前我就以同样的方式得到过一支这样的针剂。我有什么错呢?女人对于年轻美貌的追求,男人对于名誉地位的渴望,都是一样的强烈。十年之后我还会是个好演员呢!看着针尖刺入淡蓝色的静脉,女人缓缓笑了。

(王 鑫)
(题图:谭海彦)

蒙骗死神

吉姆是个大滑头,平日里专靠招摇撞骗混日子,坏事干了不少,日子倒是混得不错。这不,最近他买了小镇上最豪华的别墅,搬了进去。

这天,吉姆正躺在温暖舒适的大床上,盘算着坏主意。忽然,他感到眼前一闪,接着又听到一声清脆的"咔嚓"声,好像是按相机快门的声音。

吉姆惊得一下子坐了起来。他四处张望了一下,屋里没有别人,只有壁灯幽幽地亮着。但是,吉姆清晰地记得自己是关掉灯之后上的床!

吉姆迅速下床,打开柜子,见贵重物品都在,但他还是不放心,又披上外套,拎起门口的棒球杆,警觉地推开门,向院子里张望,果然看见一个模糊的人影正走向院门口。

"你是谁?"吉姆大叫着追到院子里。他有一副好身手,打算给这个深夜的闯入者一点儿教训。

吉姆几步追上闯入者,转到那人面前,挥舞着结实的球杆,但闯入者只是停住脚步,却并不慌张,还晃了晃手中的相机,一副无所谓的样子。

吉姆更加生气了,一把夺过相机,骂道:"你这个变态!拍我睡觉的样子做什么?"说着,就使劲把相机往石子路上摔去。

然而,诡异的事情发生了!相机在即将触地的瞬间,竟然轻轻地飘了起来,像一只黑色的气球,飘回到闯入者手中。

"我是死神的使者。"闯入者冷冷地说,"你生命的期限将到,我先拍下你的样子,三天后,会有别的使者凭照片来带你去地狱。"

吉姆惊讶得说不出话,呆在原地,眼睁睁看着这个死神的使者打开了院门,要往外走去。

吉姆急得心里怦怦跳,紧张地想:如果这家伙说的是真的,那我该怎么办?眼看那使者就要消失在自己的视线之中,情急之下,吉姆慌忙把手中的球杆向他狠狠扔过去,想阻止他离开。

那球杆眼看就要打着使者的后脑勺,却又忽然像失重一样,轻轻地悬浮在了空中。等使者关上了院门,那球杆竟然自动转回来,快速飞向了吉姆,一下子把他打晕在地。

直到第二天早晨,吉姆才醒过来,他发现自己躺在院子里,身边还躺着根球杆,这才确定昨晚的情形不是噩梦——这一切都是真的!

吉姆惊恐万分,一想到自己只有三天的时间好活,他只好努力压制住心中的恐惧,决心要找到保命的办法。

吉姆首先查到了几个传说中的通灵师,一一给他们打电话。然而,那些通灵师都说吉姆没救了,死神的使者一旦拍下照片,就等于宣判了死刑。

这下吉姆彻底绝望了,他颓然地坐在地板上,看着自己刚刚买下的这幢房子,那华丽的天花板此刻只能让吉姆备感压抑。他现在巴不得逃到天涯海角,逃过死神的追踪。

于是,吉姆慌乱地逃出了别墅,逃到了大街上,却不知道再往哪儿走了。

正当他漫无目的地在马路上游荡的时候,他的弟弟巴尼出现在了他的视线中。

说起这个巴尼,他和吉姆是双胞胎,从头到脚都长得一模一样,只是巴尼好吃懒做又酗酒,所以穷困潦倒,只好住在小镇的贫民窟里,常常吃不饱饭。

这时候,巴尼也看到了吉姆,便口齿不清地打了声招呼。原来这家伙又喝醉了。

看着巴尼这副模样,吉姆心里愤愤不平:巴尼这个彻头彻尾的穷光蛋,凭什么比我的命还长?老天真是不公平啊!

然而,就在两人错身的瞬间,吉姆心中忽然冒出一个念头。

吉姆拉住巴尼,笑道:"嘿,我说弟弟,你哪里弄到的钱买酒喝?"

"我,我前两天把房子卖掉了。虽然它不值几个钱,但够我喝上三天酒。"

"啊?"吉姆少有地露出关心的神色,"那你岂不是没处住了!真是个可怜的家伙。"

巴尼感到很吃惊,因为哥哥从来就瞧不起自己,今天忽然这么殷勤,巴尼感动得几乎落泪。

更让他觉得不可思议的是,吉姆竟然提议说:"要不,你还是去我那里住吧。"巴尼听到这里,顿时感动得泪如雨下。

"没想到,"巴尼抽泣着说,"我们还能像小时候那样住在一起,我简直像做梦一样。"

"不是梦。"吉姆淡淡地说,"我从不相信梦。现在我就领你回家。你首先要做的就是洗个热水澡。"

于是,巴尼感激地来到吉姆家,在高级浴缸里泡了一个舒舒服服的澡,然后穿上吉姆拿来的干净衣服,睡了一觉。

吃晚饭的时候,巴尼起床来到餐厅,发现满桌都是美味佳肴,都是吉姆亲手为他做的。他又兴奋又局促地说:"这简直就像小时候一样,我们在一个桌子上吃饭。还有衣服,我正穿着哥哥你的衣服。小时候,我也总是穿你的衣服。"

"嗯。"吉姆一边敷衍地点点头,一边计划着自己的事情。

饭后,吉姆对巴尼说:"我生意上有点急事,要连夜外出,恐怕要三四天才能回来。这期间,你就待在我的房子里吧,吃的喝的都在冰箱里。"

吉姆补充道:"我们虽然是兄弟,但我这样帮助你,对你的将来也是无益的。所以,作为住在我这里的回报,你要把我后花园的杂草都除掉。"

"一定。"巴尼立刻保证,并且一改懒惰的本性,抓起工具就向后花园奔去。他可不想再让哥哥失望。

见巴尼在除草,吉姆赶紧把贵重物品打包,趁着夜色出了门,顺便还带走了巴尼那身破衣服。

吉姆在街上走了一段后,回望自己的院落,心想:可怜的弟弟,永别了，我这么做虽然有些残忍，但你那样贫穷地活着也是受罪，还不如替我一死。到时候我一定给你买一块好墓地。

吉姆坐车来到小镇边缘。早在巴尼洗澡的时候，他就打了一通电话，把巴尼卖出去的那栋小房子高价租了下来。

原来，他要彻底地和弟弟巴尼交换角色！吉姆可不敢低估死神的能力，他要好好伪装成弟弟的样子才行。所以他一进入弟弟那间简陋的小屋，就换上了弟弟原来穿的破衣裳。虽然难受，但保险起见，还是这么穿几天吧。

时间已经不早了。吉姆躺在又窄又晃的破床上，长长吐了口气，放心地闭上眼。

然而，睡到半夜时，吉姆听到"嘎吱"一声响——破旧的房门被推开了。

"谁？"吉姆警觉地从床上弹起来，见到一个黑色的身影走向自己。

吉姆迅速地跳下床，随手拿起装着自己贵重物品的小皮箱举过头顶，权当武器。接着他吼道："我警告你立刻出去！"

然而，闯入者毫不理会，径直来到吉姆跟前。

吉姆有种不好的预感，他使出浑身力气把皮箱砸过去。然而，昨天夜里的那种情形又发生了——皮箱还没碰到闯入者，便飘飞到一旁。

闯入者一手掐住吉姆的脖子，一手从衣兜中拿出一张相片。比对之后，闯入者点点头，说："我是死神的使者，负责把将死之人的灵魂带走。你是巴尼吧？我劝你还是别白费工夫反抗了，老老实实配合点。明天晚上我还要去你哥哥吉姆那里收拾他呢！"

吉姆这才明白，原来弟弟竟然比自己早一天被死神的使者盯上了，难怪他会把房子都卖了买酒喝呢。

没等吉姆申辩，那死神的使者就结束了他的生命，把他的魂魄收进口袋中带走了。

第二天，太阳温暖地照耀在小镇上空。巴尼在哥哥吉姆的房间里醒来，听着外面愉悦的鸟叫，心中充满巨大的喜悦——死神的使者三天前造访过他的小破屋，声称他活不过今天黎明，看来那只是一场恶作剧吧，或者只是自己喝醉了酒的幻想吧，亏自己还吓得把房子卖掉了呢。

(尔　安)
(题图：佐　夫)

善心如玉

夜路惊魂

腊月二十三小年这天,山杏和奶奶、爹娘一起祭过灶,吃了饺子,就急匆匆地与家人告别出门了,她要赶回城里金老板家。

山杏在金老板家当保姆。金老板三十八岁,在城里开了一家很大的玉器店。他平日里忙生意,怕媳妇在家寂寞,专门高价雇请年轻清爽的姑娘来当保姆。做家务其次,主要是陪媳妇说话解闷,山杏就这样来到了他家。金老板夫妇为人厚道,山杏在他家一干就是三年。前两年到了年关,金老板都会给山杏一个红包,让她回家团聚,可是,今年金老板的媳妇有喜了,预产期恰好在年头岁尾这几天,金老板两口子就跟山杏商定，让她腊月十五回家团聚，在腊月二十四之前赶回去，照顾金老板的媳妇生孩子。山杏爽快地答应了。今天到了她回城的日子，她特意采了一大把腊梅花，准备送给金老板夫妇。这么新鲜的腊梅花，城里根本买不到呢。

山里只有一条崎岖的小路通向外面的公路。山杏的家在半山腰，每次出山走到公路，需要两个多小时，可是，今天不知怎么回事，山杏走了半天还没到。山里天黑得早，此时月暗星稀，山杏手里的小手电发着微弱的光亮，只能照出前边一米左右的距离。这点光亮，让她感觉路两边更黑了。山风呼呼地吹着哨音，山杏用手紧了紧围巾，抱紧了怀里的腊梅花，使劲加快脚步。

终于出山了，山杏看到公路旁那块竖起的大石头，长长地松了一口气。这块石头就是当地人的站牌，平时不管多晚，这里总会聚着几个候车的人，可是今天奇怪了，冷冷清清的一个人都没有。山杏心想：可能是临近年关，人们都往家赶，没人出山了吧。忽然，一阵冷风吹过，她打了个寒噤，四周死一样寂静，山杏觉得就像掉到了冰窖里，彻骨的寒意从四周袭来，她真有点后悔没让爹送她了。

黑暗中，山杏听到"嘀、嘀"两声，她精神一振，汽车来了！车刚停稳，山杏就一步迈了上去。车里空空的，没有乘客，连售票员也没有，只有司机一个人坐在驾驶座上。山杏将钱递给司机，脸一直冲前的司机慢慢回过头来。这是个中年人，苍白的脸上一双细眯眼仿佛几天没睡一样，红通通的。山杏让司机一打量，禁不住打了一个寒战。

山杏找了个靠门的位子坐下。就在司机要关车门的时候，车门边忽然挤进一个人来。这是个老婆婆，她穿着脏兮兮的黑色棉袄棉裤，上车后就一屁股坐在了山杏旁边，一股酸臭味随即在车厢里弥漫开来。山杏忍不住将头扭到一旁。老婆婆却像什么都没察觉似的,凑到山杏跟前,问:"姑娘,去哪啊?"山杏只好回过头,只见老婆婆一脸的皱纹里淤着黑黑的泥,山杏顿时起了一层鸡皮疙瘩。

见山杏不说话,老婆婆再次问道:"姑娘,去哪啊?"说着还抬起一只脏手,颤巍巍地要来摸山杏的头发。山杏一激灵,立马从座位上弹起来,越过老太太,从还未关严的车门挤下车去。

山杏的两脚刚一着地,就觉得周围的一切全都变了。她惊恐地发现自己竟然站在后山的坟场子里。自己明明在车站啊,怎么会迷路来到这里呢?

山杏还没转过神来,就见刚才的那辆汽车突然化成了一个棺材,又"嗖"的一声,闪进一个荒坟里。接着,一个阴沉的、好似尖刀摩擦玻璃的声音在她的头顶炸开:"老婆子,你坏我好事,我绝不饶你!"

"啊!"山杏吓得大叫一声,身上的汗毛根根竖起。她慌忙转身,却见那个脏婆婆就站在自己旁边。借着月色,山杏看到老婆婆脸色慈祥,眼里透出焦急的神色。突然,老婆婆一把抓起山杏的手,说:"姑娘,快跟我走!"拽着山杏就急急往前奔去。山杏像木偶一样不由自主地跟着。不知跑了多久,老婆婆终于站住了,她用手一指,山杏远远地望见了公路边的大石头,石头下站着几个候车的人。这才是平时正常的景象啊,刚才到底是怎么回事呢?山杏呆呆的,站着一动不敢动。

这时,老婆婆说话了:"姑娘,你刚才险些遭了毒手。那个假司机,他生前就是个泼皮,在一次斗殴中被人打死,碰巧葬在了灵脉上,魂魄没散,每三年就要到阳间来作祟一次,骗一个八字纯阳的年轻女子进他的坟里,以保他的魂魄不散。"

听着老婆婆那飘飘乎乎的声音,山杏半信半疑,可是,要不是这样,刚才那可怕的一幕又怎么解释呢？这时，老婆婆递过一包东西来，山杏不敢去接。老婆婆轻声道："姑娘莫怕，你祖上对我有恩，我今天才冒险出手相助。这个给你，拿上它，鬼魅就不敢近你的身了。"

山杏颤声问："我祖上怎么对您老有恩了？您老救了我，我怎样才能报答啊？"

老婆婆看看天色，说："姑娘，我急着赶路，不能说太多了，这个灵物你收着，说起来，这也是你祖上的东西，今天，我算是物归原主了。"老婆婆一边说，一边把那包东西塞到山杏手里，接着急匆匆地转身就走。

还没走两步，她又折回身来，对山杏说："这个阴毒的老山怪不会放过我的，我就从你这里借一朵腊梅花吧，希望这美丽的生命能护佑我。"老婆婆说完，从山杏手中的花束里摘下一朵腊梅，身形一飘，就隐进夜色里不见了。

山杏呆呆地站在原地，刚才发生的一切太诡异了，仿佛是做梦，可要说是一场梦吧，手里明明多了一个东西。在黑夜里，她用手摸了摸，是凉凉的一个圈。山杏顾不得多想，将这个东西胡乱地揣进口袋，逃一样向公路边那块大石头跑去。

"双棒"之谜

第二天上午，山杏来到了城里。经历了昨晚的事，她仍有些惊魂未定。山杏来到金老板家门口，伸手敲了三下门，"当、当、当"，没人应门。她拿出钥匙打开门，屋里静悄悄的。这是一套400平米的复式住宅，山杏关好门，径直走进她的保姆房，将那束腊梅花放到桌上，人便像散了架一样坐在了床上。

歇了一会儿，山杏从口袋里小心地掏出了昨晚老婆婆递给她的那包东西，打开一看，是一个通体浓绿的翡翠镯子，微微闪着润泽的光。山杏用手轻轻地抚摸了一下镯子，感觉就像在抚摸着有弹性和体温的皮肤。金老板是做玉器生意的，山杏在他家这几年没少见玉器，近朱者赤，凭眼看，山杏就知道这是件上品。听老婆婆说，这是山杏家祖上的东西，可她自己怎么从来没听说过呢？她忽然想起老婆婆说，这是个灵物，便将左手向镯子里一伸，一下便将镯子戴在了左手腕上。还真是神奇，山杏一戴上镯子，郁结在心里的恐惧仿佛被驱散了，觉得踏实了许多。她站起身，将带来的腊梅修剪好，抱着来到客厅，准备全部插到客厅里的大花瓶中。

她刚走到客厅，大门"砰"的一声被打开了。金老板拎着大包小包闯进来，一抬头，见山杏站在面前，立刻大着嗓门哈哈笑了，说："太好了，山杏回来了。你嫂子昨天夜里生了，你猜怎么着，生了'双棒'！我正怕我一个人照顾不过来呢。"

"双棒"就是双胞胎的俗称，山杏得知喜讯，高兴地问金老板："生了'双棒'？嫂子检查的时候，医生不一直说是单胎吗？是男孩女孩啊？"

"一儿一女！这笔买卖赚了，哈哈！"金老板开着玩笑，山杏也跟着笑起来。金老板放下东西，又说："不过丫头生下来的时候，不知怎么，被挤了一下，现在放在暖箱里了。"山杏一听，不由得紧张起来，金老板笑了笑说："没事，医生说没大碍的。你嫂子也饿了，既然你回来了，就由你来做饭吧，我还得回去看看你嫂子和孩子，你做好饭就送过来吧。"金老板说完，把东西一撂，又赶紧出去了。

山杏一阵忙碌，她把金老板买回来的土鸡洗净，在鸡的腹腔里放入葱姜、大枣、西洋参，放到砂锅里炖着，又手脚麻利地和面、擀面条，做好了一锅香味四溢的鸡汤面。山杏将砂锅四周围上毛巾,整个装进提笼里,朝医院赶去。

到了医院,山杏很快就找到了金老板妻子的病房,进门一看,她吓了一跳:只见金老板坐在妻子床边,神色与刚才判若两人,他一脸憔悴,无助地看着躺在床上抽泣的妻子。原来,在这短短的时间里,情况发生了变化,原先没什么大碍的女婴,不知为什么,突然脸色青紫,呼吸急促。医生马上实施了抢救,但没什么起色。医生已经通知他们,做最坏的准备。刚才还沉浸在喜悦里的金老板夫妇哪受得了这么大的打击,一下子六神无主,只剩下掏心掏肺的难受了。

这时,一个护士急匆匆地走进病房,吩咐道:"家属,赶紧去二楼药房取药给患儿输液,我们再做一下努力。"见金老板夫妇相对抽泣,山杏赶紧接过取药单子,跑着去二楼取药。两三分钟后,山杏取回了一大一小两瓶液体,又赶到抢救室门口……

抢救室里,女婴的生命体征越来越微弱。山杏推门进来,见好几个医生围着一张床忙碌,隔着医生的背影,她看不见床上的孩子,只从两个医生站着的间隙里看见一只婴儿的小手半张着。咦?婴儿的小手里好像攥着什么东西,山杏定睛一看,原来,她的小手里不是攥着东西,而是长着一个胎记,那胎记长在手心正中,呈暗红色,就像一朵腊梅花!

腊梅花?山杏不由得激灵一下。就在这时,一个护士过来,从山杏的手里接过药,示意她赶紧出去。山杏往外走着,忍不住又回头看看那只小手,没错,就是腊梅花一样的胎记!昨夜那一幕又出现在她的脑海里——老婆婆为了救自己,将镯子塞给自己,然后摘去了一朵腊梅花……想到这,她下意识地用右手摸了一下镯子。她没有注意到的是,随着她的这一摸,一道柔光在镯子上闪过……

山杏回到病房，见金老板正在低声劝慰妻子："女儿会没事的，万一……咱不还有一个儿子吗？你在月子里千万要注意身体啊！"

　　一听说儿子，金老板的妻子止住了哭泣，对啊，刚才只顾着女儿了，儿子怎么样了？"快，快把儿子抱来让我看看。"她用手使劲地推着丈夫，恨不得马上见孩子。金老板站起身向婴儿室走去，他想，现在也只能用这个办法转移妻子的注意力了。

　　不出金老板所料，妻子一抱上儿子，果然露出了笑容。病房里的气氛轻松了许多，山杏也笑着俯身去看那个男婴。就在她低头的一瞬间，男婴正巧睁开了眼。一看那双眼睛，山杏立时浑身一麻，那是一双通红的细眯眼！她分明看见，这双通红的细眯眼里滑过一丝诡异的笑意，一股凉气从山杏的脚底一直升到头顶。

　　这时，金老板的妻子向丈夫笑道："儿子和你一样，爱睡懒觉，这么半天了还睡着。"山杏呆住了：怎么，睡觉？难道他们看不见男婴刚才睁开眼睛，诡异地窥视着周围吗？

　　昨夜老山怪恶狠狠的话又在山杏的耳边响起："老婆子，你坏我好事，我绝不饶你！"难道他纠缠到了这里？难道那个正在抢救的女婴竟是老婆婆投胎转世？山杏想起昨夜老婆婆急着赶路的样子，原来那就是老人们常说的赶去投胎啊！山杏明白了，金老板的妻子孕期检查时一直是单胎，忽然间却生下了"双棒"，原来半路中加了一个他——这个可恶的老山怪！

翡翠灵镯

　　想到女婴现在凶多吉少，山杏心里很难过，早知道这样，当初真不该要这个翡翠镯子。她低下头,右手下意识地抚摸着左手腕上的镯子。这一次,她看见了镯子闪出的柔光,再一抬头,就见金老板妻子怀里的那个男婴,脸上诡异的微笑仿佛僵住了,那双细眯眼也好像困乏得闭上了。怎么回事?会不会是自己看错了?

这时,病房的门一下被推开了,刚才那位护士一进来就笑着说:"好消息,你们的女儿有救了,现在已经有自主呼吸了。"金老板激动得"腾"地站起来,对护士连声说谢谢。

护士一笑,说:"谢什么,也是这孩子命大。"她一指山杏,"本来我们都不抱希望了,哪知用了这姑娘送来的药,病情一下好转,现在生命体征已经稳定了。"护士说完,一旁的山杏差点流出了眼泪。她在心里祈祷着上天,一定要让女婴健康地活下来。

三天后,医生终于宣布女婴无恙,大人孩子都可以出院了。听到这个消息,金老板仿佛遇到了大赦,他给儿子起名叫金宝,小名宝儿;给女儿起名金枝,小名枝儿,喜洋洋地张罗着接老婆孩子出院,回家过大年去喽!

金老板把婴儿房设在二楼朝阳的屋子里,紧靠着主卧室。婴儿用具是早就准备好的,问题是,只准备了一张小床,现在却抱回来两个孩子。金老板大手一挥,说:"没事,先让这对双棒用一张床。"说着,一边一个,将宝儿和枝儿并排放在了床上。不知为什么,山杏看着两个并排躺着的孩子,心里忽然产生了一种莫名的不安。

为了照顾孩子,家里又请了一个月嫂。月嫂在婴儿房里靠墙搭了个铺,山杏也从一楼的保姆房搬到了二楼婴儿房对面的屋里。

这天,山杏、月嫂再加上金老板,三个人手忙脚乱地哄睡着了两个孩子,再看表,已经夜里十一点了。金老板嘱咐了几句就去睡觉了。山杏轻轻地回到自己房间，拧开壁灯，和衣睡在了床上。

夜漆黑漆黑的，仿佛是沉到了一坛浓墨里，连四周的空气都凝固了。山杏发现，自己正急急地跟着老婆婆往前走，忽然，一个黑影挡在了前面，是老山怪！他睁着血红的细眯眼，一下子掐住了老婆婆的脖子，嘴里狠狠地嘶叫着："坏我的好事，我决不会饶你！"老婆婆痛苦地扭动着身子，老山怪发出一阵"嘿嘿嘿"的冷笑……

山杏猛地睁开眼，发现是一个噩梦，原来自己睡着了。她翻了个身，准备抓紧时间再眯一觉。就在这时，"嘿嘿嘿"三声令人惊悚的冷笑，在静静的深夜响起。山杏立刻起了一层鸡皮疙瘩。她屏住呼吸再听，"嘿嘿嘿"，没错，冷笑声就来自对面的婴儿房！山杏一骨碌坐起来，壮着胆子悄悄地向婴儿房走去。

推开婴儿房的门一看，山杏差点惊叫出声。只见婴儿床上闪着两点红豆似的荧光，在暗黑的房间里就像坟地里的鬼火。她赶紧伸手打开灯，灯光下，她看到了更可怕的一幕——宝儿的头压在枝儿的脖子上，此时，枝儿已憋得脸色青紫，一双小手难受地上下挥舞着。山杏一个箭步冲上前去，抱出了枝儿。惊恐让山杏全身微微颤抖，她将枝儿抱回自己屋里，放到床上。只见枝儿一动不动地躺在那里，两只小手无力地耷拉下来，右手心的胎记在灯光下是那样苍白。

山杏悲伤地想：老婆婆拿了一朵阳世的花，还是没能保护她，要是她不把镯子给自己……噢，对了，镯子！山杏赶紧伸出右手，抚摸起左手腕上的镯子。神奇的事情又发生了：只见一道柔和的光从镯子里闪过，再看枝儿的小脸，慢慢由青紫变得红润，随着"哇"的一声大哭，她的小手小脚又生气勃勃地上下挥舞起来。

山杏一阵惊喜，这时，金老板夫妇和月嫂听到动静，一齐来到她的屋里。月嫂怀里抱着宝儿,她见枝儿正躺在山杏的床上大哭,奇怪地问:"咦,枝儿怎么在你屋里?她怎么哭成这个样子?"

山杏此时顾不得许多了,只有实话实说:"宝儿的头压在了枝儿的脖子上,压得她喘不过气来,险些出事,还是让枝儿睡在这吧。"

月嫂抱着宝儿走近,俯身察看枝儿的情况。这时,月嫂怀里的宝儿突然睁开了通红的细眯眼,他舞动着肥嘟嘟的小手,似乎不经意地搭在了月嫂的左手腕脉上。月嫂的心脉被扣住,一股看不见的黑气悄悄地顺着她的心脉向上蔓延……很快,月嫂的印堂一片暗黑。

这时,月嫂突然恼怒异常,朝山杏大声呵斥:"你这姑娘是睡糊涂了还是脑子有病?宝儿才几天大,怎么能将头压到枝儿的脖子上?"月嫂一边说,一边将怀里的宝儿交到金老板手里,自己气哼哼地抱起枝儿向婴儿房走去。一想到枝儿又要与宝儿放在一张小床上,山杏急得眼泪在眼眶里打转。她把脸转向一旁的金老板夫妇,却发现他们正紧张地打量着自己。

金老板拍拍山杏的肩,说:"山杏啊,大哥知道你这些天累了。你跟大哥说,刚才你是做梦呢,还是真的看见了?"

听金老板这么说,山杏把到嘴边的话又咽了回去,她小声说了句"做梦",就颓然地坐在了床上。她知道,要将实情说出来,他们非但不会相信,反而会怀疑自己脑子出毛病了,那样,金老板夫妇就不会再让自己接触他们的孩子了,枝儿岂不更危险了!想到枝儿,山杏不禁摸了摸手腕上的镯子,她只有通过这个"灵物"保护枝儿了。

"咦!这个镯子……你从哪里得来的?"金老板注意到山杏手腕上的镯子,显得十分惊讶。他俯身仔细端详,这是他从没见过的上品,在一圈浓绿中,有一丝暗红色的细纹。

"血翡翠!"金老板不由得叫出了声,"以前没见你戴过啊,这是哪里来的?"

山杏一时答不上来。此时,抱在金老板怀里的宝儿脸上滑过一丝诡异的笑,那肥嘟嘟的小手又看似偶然地搭在了金老板的左手腕脉上。随着金老板的心脉被扣住,很快,他的印堂上也泛起了一片暗黑,一阵莫名的烦躁从金老板的心底滋生开来……

山杏哪知道这些,她犹豫着一抬头,不由倒吸一口冷气,她不明白金老板的面色为什么突然变了。最后,她急中生智,撒了个谎:"这、这是我娘给我的。"

山杏她娘确实有一个镯子,但成色比这个差多了,那是山杏娘结婚时,山杏的奶奶送她的。山里人自古以来传承着一个习俗,家家无论贫富,新媳妇娶进门的第一天,婆婆都要给新媳妇一个玉镯子。贫家给普通的,富家则要准备上好的翡翠。山里人相信,玉蕴涵着无穷的力量,新人佩戴上它,能护体免灾,为夫家带来好运。

金老板张了张嘴,还想再问什么,却忽然打住了,对山杏说了句:"现在太晚了,赶紧睡吧。"然后,就一手抱着宝儿,一手扶着妻子回屋去了。

"血翡翠?什么是血翡翠?"金老板夫妇走后,山杏不禁凑在灯下,仔细察看起这翡翠镯子来。在灯光的映照下,就见翡翠玉镯通身翠绿,隐隐悬浮着片片翠絮,在翠絮之间,竟横贯着一条极细的红丝。红丝是活的,里边仿佛有血液在缓缓流动!

碧玺陷阱

金老板安顿好孩子,回屋看着妻子睡下,他却怎么也睡不着,只觉得一股无名火从心底向上升腾。"血翡翠!原来听师傅说起过这么一种奇珍,没想到今天出现在了自己眼皮子底下!"

以金老板多年鉴玉、识玉的经验,他一眼便看出山杏戴着的玉镯是在墓中经过了二次成色、行家称之为"沁色"的稀世珍品血翡翠。翠絮中的那根红丝,是戴着它下葬的人用其血肉沁渍而来的。本来,作为行家,遇到只闻其名的宝贝,理应激动和兴奋,可他怎么也兴奋不起来,反而像着了魔似的,满心转着一个念头:一定要废了这血翡翠的灵性!

血翡翠极具灵性,想废了它,一般人是做不到的。可是,金老板不怕,他也有一件宝物。金老板来到放置藏品的柜子前,轻轻地打开柜门,伸手从里边拿出了一个通身黢黑的碗。

这可不是一个普通的碗,它是用黑色碧玺精琢而成的,是金老板的师傅临终前传给他的。金老板听师傅说起过,世间万物都有其"克星",血翡翠虽是极灵之物,但它也有克星,它的克星就是黑碧玺碗。

黑碧玺碗与血翡翠相克相生,既能蚀去血翡翠的灵性,但在特殊情况下,也能增加血翡翠的灵性。前者的方法是:在黑碧玺碗内注入七成清水,选中午正阳之时,将血翡翠放入其中。血翡翠内里的血丝抵不住阳气,就会从翡翠里面被拔出,流入清水中,于是灵性尽失。而增加血翡翠灵性的方法,师傅却没有传授。师傅说,那是人力无法掌控的,得凭天意造化,须有缘之人才能做到。

第二天一早,宝儿那"嘿嘿"的怪异哭声就震响了整个房间。山杏刚一出屋,就看见金老板已经坐在客厅里等她了。金老板将手里的一件东西递过来,山杏接过一看,是一个黢黑的碗。

金老板对山杏说:"山杏,你戴着的镯子是件血翡翠,镯子里的那根红丝其实是死人的血沁出来的,属极阴之物。你是个女子,也属阴,阴阴相配,会生成极大的负能量。"说到这,他指了指山杏手里的碗,"这是黑碧玺做成的碗,跟你的血翡翠是天缘一对。你的血翡翠得用它除煞,除煞后血翡翠便带有了阳性,能更好地保佑你和你周围的人。"

见山杏毫不怀疑地直点头,金老板松了口气,他站起来,对山杏说:"中午十二点,你把血翡翠放进黑碧玺碗,就能除煞了!"

金老板家的午饭十一点开,他们夫妻习惯每天饭后午睡一会儿。这时,月嫂抱着宝儿在婴儿房外的露台上晒太阳。山杏一看,快到十二点了,赶紧回到自己屋里,黑碧玺碗里已倒好了清水。山杏摘下镯子,刚要放进去,只听"哇"的一声,留在婴儿房里的枝儿大哭起来。

"山杏,赶紧抱抱孩子!"在露台抱着宝儿的月嫂腾不出手来,又怕哭声吵醒午睡的金老板夫妇,赶紧招呼山杏。山杏放下镯子,来到婴儿房,抱起枝儿。可是,无论她怎么哄,枝儿还是哭个不停。山杏担心错过时辰,就抱着枝儿回到自己房间,一手抱着枝儿,一手拿起桌上的手镯,就要放到黑碧玺碗中。

就在她拿起镯子的时候,镯子碰到了枝儿舞动的小手,被她的小手不经意地抓住了,枝儿的哭声戛然而止。山杏轻轻地想从枝儿手里拿出镯子,突然,她惊异地发现,镯子里的那条红线"突"地弹了弹,变得粗大起来,一道柔光从镯子里闪出,跃进面前的碧玺碗里。碧玺碗的清水里竟映出了山杏要做可还没做的事——只见她将镯子放进碧玺碗内,茫然地站在一边守候着。碗内的翡翠镯子慢慢沁出血水,镯子立刻就变得黯淡无光了。这时,画面上,山杏的身后忽然多出一张惨白的带着诡异微笑的脸……

山杏浑身一颤,惊出了一身冷汗,看看手中的镯子,她庆幸自己没干傻事。幸亏了枝儿,想到这,山杏看了看怀中的枝儿,此时,她正用一双清澈的眼睛望着自己，嘴里"呀呀"地叫着，仿佛要跟自己说什么。

善心善果

山杏听老辈人说过，刚出生的婴儿既不属阳也不属阴。虽说他们托生前喝了孟婆汤，但还要在阳间吹上十天的风，才会刮去前生的所有记忆。所以上天让新出生的婴儿在头十天里除了吃就是睡，基本不睁眼。

看来，枝儿还记得之前的事情。山杏忽然想起郁结在心中的那个谜团，到底老婆婆与自己祖上有什么渊源？于是，她将镯子放到枝儿的小手上，俯下身去，低声说道："如果能听懂我的话，就告诉我，我的祖上怎么对您有恩了？"

山杏说完，紧张地等待着。只见镯子里的那条红线又"突"地弹了弹，变得粗大起来，一道柔光从镯子里闪出，跃进面前的碧玺碗里。山杏只觉得身子一轻，好像腾空而起，似一阵风一般，也飘进了这黑碧玺碗里。

她看到，迎面来了一个背行囊的年轻后生，正大步走在崎岖的山路上，微微的山风吹拂着他的衣襟，也拂过他年轻英俊的面颊。山杏知道，这是她祖爷爷年轻的时候，每年除夕，山杏家都要请出祖先画像祭拜，山杏祖爷爷的画像，就是这样的。

此时，祖爷爷的背囊里放着用老山参换回的镯子，二十多岁的他即将娶亲。忽然，祖爷爷嘴里发出"咦"的一声，停住脚步，原来，他看到山脚下躺着一个人。这是一个年轻女子，蜷缩在一片血泊中，已不省人事。

祖爷爷急忙到跟前，伸手试了试她的鼻息，还有微弱的气息。他忙从行囊里掏出止血药,给这女子搽上,又掏出一个葫芦,扶起女子的头,往她的嘴里灌了些药,然后脱下身上的衣服给她盖上,坐在旁边静静地等着。大约过了半个时辰,这女子幽幽醒来,一睁眼,见旁边有人,就问:"我这是活着,还是死了?"

这有些飘飘乎乎的声音,山杏一听马上知道了,这就是那位老婆婆年轻的时候。见女子醒来,祖爷爷高兴地说:"姑娘,你命大,还活着!"谁知姑娘的眼里竟"吧嗒吧嗒"地落下泪来,她深深地叹一口气说:"大哥,我是故意从崖上跳下来的,虽说一下子没摔死,但是躺一会儿没人救,也就死了。死了,也就解脱了,你为什么救我呢?"祖爷爷劝解道:"姑娘,爹娘给了命,哪能说死就死啊?"姑娘又叹了一口气说:"不瞒大哥,我命苦啊……"

从姑娘断断续续的哭诉中,祖爷爷知道了,这个姑娘叫桂花,自幼与后洼的山柱订亲。自打山柱爷爷患上痨病,为了治病,家里变卖光了值钱的东西,最后连祖传的玉镯也卖了。眼看这年他们都十八了,该谈婚嫁了,可山柱家连给媳妇的玉手镯都没有,山柱一跺脚,与几个人结伴去了大山外。临走时,山柱托人捎话来,让桂花等着他,他一定会给她带回一个像样的玉镯子!

一转眼桂花二十岁了,和山柱一起出去的人回来说,山柱当了兵,跟着部队打仗去了,到现在还没回来,也许早就……多年的期盼成了泡影,后娘这时又逼着桂花嫁人,她想不开,就从崖上跳了下去。

一旁的祖爷爷犯了愁,这个憨厚的汉子不知怎样才能让姑娘消除寻死的念头,怎么办呢?撒谎骗她,对,就这样!祖爷爷定定神,假装吃惊地说:"原来你就是桂花啊,让我好找!山柱哥在部队里当了大官,一时回不来,让我给你带个信呢!"

"什么？"桂花听了这话，不知哪来的力气，一下子坐了起来。话说到这个份上，祖爷爷索性将自己的行囊打开，拿出了他用老山参换回来的翡翠镯子："看，山柱哥有钱了，给你买了一个这么好的翡翠镯子！"

"啊，真的！"桂花伸出颤抖的手接过镯子，惊喜交加，"大哥，多劳你了，上家里喝碗水吧。"因为兴奋，桂花竟一下子站了起来。

"不了，我还急着赶路呢，你回吧，记着山柱哥说的话，一定要等着他啊！"见桂花已无大碍，祖爷爷嘱咐了几句，就继续赶路了。

山杏知道，后来祖爷爷回家跟家里又撒了谎，说老山参被盗了。娶亲的那天，只好用一个成色普通的玉镯子代替。而桂花回家后，一心等着山柱回来。家里的后娘见到那只上好的翡翠镯子，也由得不信山柱当了官，不敢逼她嫁人了。

祖爷爷做了这件大善事后，根本没往心里去。他不知道，以后的事情还真让他说中了。两年后，山柱真的回山了，他当了地方上的大官，风风光光地将桂花娶进了门。

世事轮回，善根结善果。后来桂花富足一生，她感念那个后生的救命之恩，四处打听恩人的下落，却毫无音讯。于是她一生不戴其他饰物，只戴着这个翡翠镯子，直至终老。

"山杏，你愣什么神呢？"月嫂的一声喊叫惊醒了山杏。她向四周一看，原来自己一直站在原地没动，再看看跟前的黑碧玺碗，里面还是那大半碗清水。

"快把枝儿给我，得晒太阳了。"月嫂一把将枝儿抱过去。最近月嫂常抱着宝儿，脸上的黑气越来越重，脾气也越来越阴郁了。月嫂将枝儿抱走后，山杏立刻后悔了，她应该先问问枝儿怎样制服老山怪呀，怎么能为了自己的好奇心，误用了这个宝贵的机会呢？

除夕"压祟"

这天，金老板的妻子抱过宝儿后，觉得不舒服，看了医生，医生也说不出是个什么病。金老板的脾气也越来越坏，见山杏的镯子至今安然无恙，他心里就像有一股邪火在烧。他几次盘问山杏，是否按他说的，正阳之时将镯子泡入黑碧玺碗里。得到山杏肯定的答复后，他仍然半信半疑。年三十这天一大早，他终于忍耐不住，对山杏说，要在今天正午时分，亲自看着山杏将镯子浸到黑碧玺碗里。

怎么办？山杏急得六神无主，她知道，镯子一旦失去灵性，枝儿的命也就保不住了。她一边准备午饭，一边忍不住偷眼瞄座钟。山杏突然想到，何不让座钟走慢一点呢？她趁别人不注意，悄悄地将座钟调慢了半小时。

将近十一点，金老板家年三十的午饭开饭了。山杏借口去洗手，从餐厅溜出来便直奔婴儿房。她悄悄抱起枝儿，一见宝儿要张嘴大哭，便利索地掏出一个奶嘴塞进他的嘴里。

山杏抱着枝儿来到自己房间，桌上的碧玺碗内已注入了清水。她快速地摘下玉镯，让枝儿的小手抓住镯子，低着头急促地说："快告诉我，怎么才能逃过这一劫，制服老山怪！"

就见一道柔光划过玉镯，玉镯内的血丝"突"地弹了弹，水面上又出现了一幅景象：

一个月暗星稀的黑夜，连绵不断的山脉间排着一座座坟茔，坟茔之间星罗棋布地闪烁着点点亮光。仔细看那亮光，竟是一盏盏燃着的灯笼，几乎每个坟前都有一盏。只有一个荒冢前没有灯笼,而一个狰狞的影子在荒冢边飘来荡去。突然,一个通体碧绿的光环从天而降,兜头罩住了那个影子……

"山杏,你怎么又抱着枝儿在这发愣呢?"山杏正要仔细看那圈光环是什么东西,吃完饭上楼来的月嫂一声吼,将山杏唤回了现实。山杏看了一下座钟,时针指向十一点半,她知道,金老板一会儿就要来了。她要赶紧好好想想,刚才看到的景象到底是什么意思。

"坟茔前点灯笼",分明就是山里人敬奉祖先的除夕灯笼。山杏想起来了,山里人过年有一个特别的习俗,那就是在除夕午夜,全家要一起"压祟"——先在祖先的坟前燃起灯笼,请祖先及下界的神佛来家,然后在除夕午夜子时,借助祖先及神佛之力,将主妇手上的玉镯压在一个封好的坛口上,以示压住邪祟,保佑来年日子红火,身体安康。

今天是除夕,正是"压祟"的日子!山杏摸了摸手腕上的玉镯,她猛然意识到,刚才看到的那罩住魅影的碧绿光环是什么了。山杏知道,自己必须马上行动!

这时,山杏的屋外响起了敲门声,金老板来了。山杏打开门,手里提着个包袱,急匆匆地说,刚才自己接了家里的电话,奶奶病了,她现在得赶回家去,说完也不等金老板答应,就赶忙跑出门去。

去山里的车已经没有了,山杏花高价雇了一辆"摩的"。等她赶到大山,时间已是夜里十点多了。她下了"摩的",便拼命地朝大山里跑。她要赶在午夜十二点前找到老山怪的荒冢,用翡翠玉镯"压祟",压住老山怪!

终于到了坟场子,山杏屏住呼吸,四下察看起来。只见一座座坟茔前都燃着压祟的灯笼。可一圈找下来,山杏竟找不到没有点灯笼的荒冢。这时,远处传来稀稀落落的鞭炮响,马上就要到十二点了!山杏稳住心神,仔细回忆着碧玺碗内看到的荒冢的方位。终于,她在一个杂草丛生的地方发现了那个已秃成平地的荒冢。山杏壮着胆子走上前,摘下翡翠玉镯,拢在双手之中,虔诚地默念:"请祖先保佑,让翡翠玉镯'压'住老山怪!"

山杏将玉镯平放到荒冢上,刚站起身,就见荒冢里"嚯"的窜出一股青白色的烟雾,这股烟雾直朝着山杏扑了过来。正在这时,玉镯上闪出一道柔光,那股烟雾挣扎着被攫进了玉镯内。山杏刚要松口气,忽然她发现,玉镯内的青白烟雾正在拼命地向外撑挤。坏了!要是玉镯被撑碎,那就麻烦了。山杏紧张得大气都不敢喘,此时她似乎听见玉镯里发出的"咔咔"声。就在这时,大山里响起了一片午夜的鞭炮声,十二点了!与此同时,就见玉镯内一道红光划过,那根红色的血丝"突"地弹了弹,青白色的烟雾在玉镯的光芒中终于渐渐萎顿下去,最后和翡翠玉镯一起慢慢地沉入了冢中……

第二天一早,山杏赶回了金老板家。给她来开门的月嫂脸色红润,一扫之前的黑气,见到山杏便一把拉她进屋,小声告诉她:"出大事了,昨天半夜宝儿没了!"

"什么?"山杏一时没明白过来,月嫂低声说:"昨天夜里宝儿忽然昏迷不醒,送到医院,已经浑身梆硬,没了气息,简直就成了个泥娃儿。医生说这是罕见的'泥婴症',得了这种病的孩子,只能靠娘胎里带来的养分活这么几天,根本养不大。"

山杏急急地问:"那枝儿呢?"

月嫂说:"知道宝儿是先天畸胎养不活,金老板两口子赶紧抱枝儿去做了全面检查,所幸枝儿完全正常。你没看见他们抱闺女回来时的样子,就跟捡了个金蛋一样。"

山杏听了这话,终于长长地松了口气。

三个月后的一天,山杏抱着枝儿在外面晒太阳。和煦的阳光照在她们身上,枝儿好奇地四处张望着,不时兴奋地挥舞着结实的小手臂。她的小脸儿红润光泽,手心里那腊梅花样的胎记早已无踪无迹。山杏望着枝儿红扑扑的小脸,心想:但愿她今生也做个善良的人……

(陈　墨)

(题图:杨宏富)

明明是在做梦,却已被噩梦吞没……

噩梦·异事
e m e n g   y i s h i

石囚的诅咒

杨梅非常爱她的老公刘家伟。刘家伟是搞考古研究的,一年到头到处奔走,四海为家。杨梅总是跟着刘家伟,把他照顾得妥妥帖帖的。这次,刘家伟来青海,杨梅也跟着来了,并在当地一所学校找了份语文教师的工作。

杨梅从住处去学校要走一段很远的山路,路上要经过一条石砌的小路,那小路往山里延伸,通向一座低矮的石城。让杨梅奇怪的是,当地人从此经过,都显得神色紧张,匆匆而过。

一天,杨梅和同事大刚聊天,无意间问起石城的事,不料,大刚一听,马上变了脸色说:"你最好别去关心它,离它远远的,那地方很危险。"

杨梅好奇地问:"很危险?为什么?"

大刚摇摇头说,这个石城已经有几百年了。听老人们说,这是个被诅咒的地方,里面有许多石头囚徒,凡是走进石城的人,都会被困在里面,变成石囚。

杨梅问道:"难道从来没有一个人能够出来吗?"

"也有出来的,"大刚说,"传说有个石囚手中拿着一根蜡烛,只要你能吹灭那蜡烛,就能走出石城。不过就算你出来了,也摆脱不了石囚的诅咒,那诅咒总会应验的。"

杨梅见大刚越说越紧张,还一再告诫她不要进石城,便皱皱眉头,不再问了。

回去的路上,杨梅路过石城时,想起了大刚的话,不由得停下了脚步,心想:这石城真的那么可怕吗?

杨梅是个好奇心重、喜欢冒险的女子。上大学的时候,她就经常和家伟,还有一个叫阿玲的女孩一起去户外探险,三个人成了最要好的朋友。当时,杨梅和阿玲都暗暗爱着家伟,最终家伟选择了杨梅。

杨梅在路边犹豫了片刻之后,便径自朝石城走去。从远处看石城并不大,可是走到跟前,却发现一眼望不到边。这是一座年代久远的建筑物,看上去黑乎乎、灰蒙蒙的。

杨梅轻轻推开虚掩的大门,走进去,里面像座迷宫,到处是大大小小的石像。这些石像雕得栩栩如生,凑近仔细一看,却令人恐惧,有的断臂少腿,有的只有半截身子,有的龇牙咧嘴,有的面目狰狞,看得杨梅不禁头皮发麻,直打寒战。

杨梅一咬牙,继续往前走,走了好久,面前出现了第二个门,门上挂着一只骷髅牌。杨梅试着摸了一下骷髅牌,门立刻无声地开了。杨梅走进去,里面一片漆黑,什么也看不到,她刚想退回来,突然听到"砰"的一声,大门关闭了。就在杨梅又紧张又恐惧时,身后传来"丁零丁零"的铃铛声。

杨梅转过身,只见一个白衣女孩飘然而至。那女孩长发遮去半张脸,左手端着蜡烛,右手摇着铃铛,嘴里说着:"我们来玩捉迷藏好不好?你找到我,我们就合二为一,你找不到我,你就会变成石头人,永远困在这里,一辈子被我奴役。"女孩说着,高高地举起蜡烛。

杨梅吓得浑身颤抖,猛地想起大刚的话,便想扑上去吹熄蜡烛。可是,她突然看见那女孩眼睛里流出一滴滴的血。杨梅惊呆了。

女孩转身蹦蹦跳跳地往前走去。杨梅怕她会消失,忙跟了上去。前面的路越来越窄,烛光也越来越暗,女孩走得极快,杨梅拼命跟也跟不上,只觉得人好像进入了冰窖里,阴森森的寒气让她牙齿不住地上下撞击。

渐渐地,她感觉自己身上所有的力气都要被抽走了。

就在杨梅快要倒下时,斜刺里突然蹿出一个黑影,猛地把蜡烛吹灭了。女孩消失了,杨梅晕倒在地上。

等杨梅醒过来时,天已经暗了,她发现自己倒在石城的大门口。她吃力地站起身,跌跌撞撞地朝前跑。

到了家门口,杨梅抹了一把额头上的冷汗,让自己镇定下来。进了门,杨梅喊道:"家伟,家伟!"没人答应,房间里电话铃却响了起来。

杨梅赶紧跑过去,抓起听筒,竟是医院打来的电话:"是刘家伟的家属吗?刘家伟刚刚出了车祸,正在医院抢救……"

听筒从杨梅手里滑了下去,她踉踉跄跄地出了门,往医院奔去。

杨梅奔到医院,见刘家伟躺在床上,昏迷不醒。医生告诉她,他们已经给刘家伟做了各项检查,奇怪的是,他的脑电图、心电图一切正常,而其他部位也只是受了点皮外伤。为什么会昏迷不醒?医生说他们百思不得其解。

杨梅握住老公的手,眼泪顺着脸颊一滴一滴滑落下来,她心想:莫非是因为自己进入了石城?蜡烛熄灭,诅咒却跟随着她应验到了家伟的身上?

整个晚上,杨梅就一直呆呆地坐在刘家伟身边,望着他呼吸均匀,就像熟睡了一般。杨梅一动不动地坐着,她发现有一种恐惧感袭上心头,原来它一直蛰伏在内心深处……

直到天亮,家伟还是没醒。杨梅几乎绝望了,她失魂落魄地站起身,出了医院,再次来到石城。

和昨天一样,当杨梅进入第二个门时,依然黑得什么也看不见,她便拿出打火机,可奇怪的是,怎么也打不着火。杨梅的额头不由得渗出了汗珠,她闭上眼睛,用手摸索着朝前走着。这时传来了一阵"丁零零"的声音,杨梅立即停住脚步,睁开眼睛。

那个女孩又出现了。这次杨梅觉得女孩的脸有点眼熟,但想不出她是谁。女孩手里高高举着蜡烛说:"你要和我合为一体,还是变成我的囚徒?"

杨梅声音颤抖着哀求道:"我愿意变成石头人,只要你放过家伟,求求你,放过家伟好不好?"

"你来找我啊,找到我,我就是你的了,找不到,你就会变成囚徒。"女孩说着,手里的烛光一闪一闪,蹦蹦跳跳地向前走着。

杨梅紧跟在女孩的身后。她不怕变成石囚,只要能救回家伟,她什么也不怕。她觉得如果没有家伟,自己和石囚又有什么区别?石囚残缺的是躯体,她残缺的是心啊!

女孩越走越快,杨梅又感到浑身冰冷,只有拼命跟着。穿过一个又一个大门,借着微弱的烛光,杨梅看到了一座大山。那女孩手里的铃铛声越来越弱,烛光也渐渐暗淡下来。

"来找我啊,"女孩的声音远远地传来,"难道你想变成石头人?"

杨梅虽然看不到女孩在哪里,但她仍然循声跟着。陡然间,在杨梅的眼前,出现了一座似曾相识的大山,杨梅跪下身,失声痛哭起来。

女孩的声音越来越低:"快来找我啊,快来啊……"

杨梅抹了一把眼泪,坚定地朝大山走去,她已经想起这女孩是谁了。她顾不上岩石划破了胳膊,荆棘刺伤了脸孔,她得爬到半山腰,她要重复女孩走过的崎岖山路。

终于,她爬到了半山腰,那儿有一株低矮的松树,松枝上,还挂着一条白色的布绳子。

杨梅攀住松树深深吸了几口气,继续往上爬,当爬到一块突出的岩石边时,她仰起脸,泪流满面地大声喊道:"阿玲,我要去找你了。我知道你在哪儿,我一直都知道,你在我的心里!"

杨梅喊罢,突然松开了手。她的身体像树叶一样往山崖下坠落,但她的脸上却露出了平静的微笑。

阿玲,一直都是她内心深处的恐惧。而现在,她不害怕了。在梦里,她已经无数次坠落悬崖,今天不过是付诸实施而已。而这如果能换回家伟的命,她心甘情愿。

杨梅再次醒来的时候,发现自己又倒在石城门口。她身上的衣服被划破了,脸上火辣辣的,胳膊上也血迹斑斑。杨梅勉强支撑着身子站起来,突然又听到一阵"丁零零"的响声,低头一看,不知什么时候,自己的手上多了一串铃铛。

杨梅喃喃自语道:"阿玲,这是你送给我的吗?你走了吗?"她猛然想到躺在医院里的刘家伟,又急忙往医院赶去。

当杨梅赶到医院时,家伟已经醒过来了,他正焦急地询问医生他的妻子在哪儿。杨梅跑过去,紧紧抱住他。

家伟也紧紧抱住妻子,紧张地问道:"阿玲,她,她没有伤害你吧?"

"没有。"杨梅说着,将头深深地埋进了家伟的怀里。

家伟长长舒了一口气,说他昨天正开着车,突然感到心里一阵绞痛,在他的车前,他看到了阿玲。她正拿着蜡烛,要把杨梅一步步引向深渊。当时他害怕极了,拼命一踩油门,车猛地冲过去,带出一股强劲的风,把阿玲手里的蜡烛吹灭了。然后他就觉得四周一片漆黑,他什么都看不到,也无法发出声音,他以为自己再也看不到妻子了。

听了家伟的叙述,泪水顺着杨梅的眼角直往下流,一滴滴掉到家伟的手上。

十年前,杨梅、家伟和阿玲三个好朋友,结伴去爬小孤山。家伟在山的阴面往上爬,杨梅和阿玲在山的阳面往上爬。杨梅爬得很快,当她爬到半山腰时,突然听到阿玲惊恐的尖叫声。

杨梅急忙往下一看,发现阿玲失足掉进了山涧,身子挂在一株松树上。杨梅马上撕了白布绕成绳子抛下去,让阿玲系在腰间,然后用力把阿玲往上拉。当拉到半山腰时,杨梅已累得气喘吁吁,她便闭上眼休息了一会。

不料当她再睁开眼时,突然看见一条毒蝎子爬到了她的手上,正高高翘起尾巴上的毒针。

杨梅大惊失色,本能地一甩手。毒蝎子甩掉了,可手中的绳子也滑落了,她只听到阿玲最后的惨叫……

杨梅含着泪对家伟说:"我一直没有告诉你,阿玲,她也一直深爱着你。在跌落的瞬间,她一定以为我是故意松开了绳子。我真该死,我不该松开手啊!"

家伟温柔地抚摸着杨梅的头发,说:"这些我都知道,这不是你的错!"

杨梅回到学校,大刚和许多同事都围住了她。他们知道她进入了石城,并且解开了诅咒,他们迫切地想知道她是怎么做到的。

杨梅淡淡地说:"石城里囚禁的不是石囚,而是人的心,是人内心的弱点和恐惧。如果你能正视内心的黑暗,石囚的诅咒也就不复存在了。"

杨梅说完,望着大刚和其他同事面面相觑的样子,叹了口气。

(子　夜)
(题图:谢　颖)

上钩的鱼儿

山本是个心理医生。这天,他的私人诊所里来了一个穿戴很体面的男人,山本热情地招呼他:"先生,我乐意为您效劳!"

男人脸上没有任何反应,只是冷漠地反问了一句:"我能相信你吗?"

根据以往的经验,山本猜测这个男人心中一定是被什么恼人的事情纠缠着,于是便尽量用温和的口气对他说:"怎么对您说好呢,我希望您能明白,我的职责只是通过心理治疗,让一些心灵上备受痛苦的人回到正常的状态中来。"

男人踌躇了一会儿,试探着问:"如果你的病人是个罪犯,你会把他送到警察局去吗?"

"当然不会！"山本大声说，"我的病人有绝对的隐私权，在这里，他只是一个患有心理障碍的普通病人，仅此而已。好了，先生，现在您可以放心地对我说说您心里的痛苦了。"

山本话音刚落，男人立刻变得轻松起来，他舒了一口气，接着一五一十把自己的事情说了出来。

这男人叫光田，是个银行经理。不久前的一个晚上，他开车和朋友彼得出去，回来的路上由于车速太快，撞倒了一个人。光田本想下车看看，彼得说反正天黑没人看见，还是快跑吧，光田一想也是，就听了彼得的话。可谁知从此以后，彼得就常常借故向光田借钱，开口就是五万十万的，如果光田不给或是给晚了一点，彼得就以要告发撞车事件来威吓他，前几天，彼得索性一开口就要200万，说是一次性把事情做个了结。光田清楚，彼得绝不会就这么善罢甘休的，可不答应吧，又怕他把事情说出去，迫于无奈，只好把他杀了。

光田对山本说："医生，我从来没有被整得这么糟糕过，自从杀了彼得之后，那家伙的鬼魂就老是来纠缠我，晚上我只要一闭上眼睛，就会看到他挥舞着拳头来恐吓我，再这样下去，我肯定会疯掉。拜托了，医生，请你无论如何把我从这种痛苦中解救出来吧！"光田一面说，一面拼命用双手按着胸口，全身不住地颤抖。

看着光田痛苦的样子，山本心里却暗暗叫好。其实山本是个惯用病人的隐私来为自己敛财的家伙。光田是银行经理，如今又犯下了杀人案，他这种人是最好摆布的了，得把这个有钱又有把柄的客户好好留住，狠狠赚他一笔钱。

山本喝了口水，故作轻松地安慰光田说："先生，我很理解您的痛苦，但事情还不至于那么糟糕，请您冷静点儿，犯不着为您朋友彼得那样的混蛋而自责,以我看来,您的行为其实很勇敢……"

"勇敢?"光田惊愕地问,"难道你认为我该杀他么?"

"如果换成我,可能也会这么做,真的。"山本说,"站在常人的角度,我和您一样,对彼得的行为深恶痛绝,彼得应该要为他可恶的行为付出代价,也许死亡是他最好的归宿。"

"真的?"光田像个孩子似的天真地问道,脸上的表情已经比刚才开朗了许多。

山本点了点头:"所以从今天开始,您再也不需要有任何罪恶感,您应该振作起来,开始崭新的生活,忘掉那些不堪回首的事情。请相信我,我会帮助您度过这一关的!"说完,他领着光田走进了他的心理治疗室。

从这以后,光田就经常到山本的诊所来。在山本的治疗下,光田的精神状态恢复得极快,当然,山本也从光田那里得到了大把的钞票。

这天,山本正在琢磨该如何继续从光田身上赚更多的钱时,光田突然匆匆跑来找他,脸色很差的样子,进门就对山本说:"医生,我又遇到难缠的事儿了。"

山本一愣:"什么事?"

光田说:"又是敲诈。"光田告诉山本,自己原先并不知道,彼得还逮到机会敲诈了另外一个叫小山的人,自己去给彼得送200万的时候,正好小山也给彼得送钱来,所以光田干掉彼得的情景就完全被小山看在眼里。小山现在趁机敲诈起光田来,要光田今晚一次性把500万送到指定的地方,否则就把他干掉彼得的事发到警局去。光田苦恼而又无助地朝山本两手一摊:"唉,我怎么这么倒霉哪!"

山本问他:"您知道小山是怎样一个人吗?"

光田摇摇头:"不知道。"

山本神情严肃地说:"被人勒索确实是一件棘手的事情,不过在没有弄清楚对方的身份之前,您最好不要轻举妄动。我看,您还不如先把钱给了他再说。"

"你说什么?"光田愤怒得浑身直打颤,"我绝不能这么便宜了他!"

"那您怎么办?"山本不由提高了嗓门,"难道您再把他也杀了?"

光田一听"杀"字,浑身就像被抽去了骨架,人立刻瘫倒在沙发上。

山本看了他一眼,缓和了一下口气说:"根据我个人的分析,敲诈者一般有两种,一种是像彼得那样会永远纠缠下去的,另一种是达到目的见好就收的。所以您还是等一等的好,如果他是属于后一种,那就权当您500万买个了断,总比被抓到警局去的好。"

光田听了,嘴里喃喃自语道:"看来也只有这么办了。"

看着光田失望地走出诊室,山本在背后叫住了他:"这样吧,我给您出个主意。您在给他钱的时候,再给他一个警告:在放钱的袋子里放一把刀,他若是肯收手的话,应该会明白钱上放刀的意思。"

光田想了想,点了点头。

当晚,按照约定的时间,光田把钱送到了指定的地方,然后迅速离开。大约过了一个小时,就有一个黑影摸了过来,拎起一整袋的钱,晃晃放在钱上面的那把刀,忘形地笑了。可就在这时,一声问候从背后传来:"晚上好,山本医生!"吓得那黑影差点跌倒在地。

不错,黑影确实是山本医生,而喊话的竟是光田。

没等山本从惊愕中清醒过来,光田就开口说:"你也太狠了吧,一开口就是500万。"山本一脸迷茫:"你怎么知道是我?"

光田笑了:"为了让你上钩,我足足花费了两个月的时间。"

山本摸着脑袋,不明白光田这是什么意思。

光田说:"你还不明白吗?这只是个圈套。"

山本神色大变:"圈套?难道你说的所有的事情都是假的?"

"哈哈哈!"光田大笑起来,"是真是假你以后自然会明白。可是山本医生,你也未免太粗心了吧,也不看看你手里的这把刀和这个钱袋!"

借着月色,山本低头仔细一看,这才发现自己手上握着的这把刀上沾满了鲜血,再扒开钱袋里的钱,下面居然是一颗血淋淋的人头!山本不禁失声尖叫起来:"这,这就是被你干掉的彼得?"

光田"嘿嘿"冷笑一声:"你很聪明,对,他就是彼得,我让他多活了些日子,把死期延迟到了今天。"

"你想怎么样?"山本显得有点惊慌。

光田说:"现在这刀和钱袋上都有了你的指纹,刚才我又给你拍了照,只要把这些证据交给警察局,那么明天全市的人都会知道你山本医生是个杀人凶手……"山本感觉自己掉进了一个冰窟窿里,他挣扎着问:"告诉我,你的目的究竟是什么?"

光田冷冷地说:"彼得几乎让我变成了穷光蛋,现在我身上除了一只照相机和一把手枪,什么也没有了。你可以借我500万吗?你放心,我不是无赖,我不是靠敲诈过日子的人,你我的交易是一次性的,因为你说过,第二种敲诈者达到目的见好就收,我心里非常清楚,毕竟敲诈是犯法的。"

山本一听,彻底瘫坐在了地上……

(王学良)
(题图:安玉民)

手机追踪器

珍妮的丈夫不久前被人杀死了,案子至今还没有破。这天,珍妮坐在空荡荡的房子里,望着亡夫切西的遗像,泪如泉涌,她忍不住拿起电话,再一次拨通了布朗警长的电话:"警长,我是珍妮……"

电话那头,布朗警长迟疑了一下,缓缓说道:"珍妮小姐,我对你说过很多次了,我们一定会尽力破案,你就安心在家等着消息吧。"

"可是,布朗警长,这个劫匪已经作案多次了,难道就没人记住他的模样?"珍妮幽幽地说。

"事情不是你说的那么简单,这个劫匪太狡猾了,我们掌握不了他的行踪……有消息我们会通知你的。"布朗警长说完,挂掉了电话。

珍妮痛苦地摇了摇头,这一个多月来,她都记不清自己到底给布朗警长打过多少次电话了。可每次布朗警长都以各种理由搪塞她。她不明白,这么一个并不复杂的案子怎么会让警察局那么为难呢?她望着相片中的丈夫,不由想起了丈夫遇害那天的情形。

那是一个多月前的一个傍晚,珍妮正往家里走,突然,一个蒙面劫匪骑着摩托车从身后冲来,一把抢过她挂在身上的坤包,珍妮被一瞬间的冲力带倒了,她拼命地喊叫起来。叫声被来接珍妮的切西听到了,他不顾一切冲向劫匪,可是,还没等他动手,劫匪就抢先从身上拔出一把尖刀,刺向了切西!切西倒在了血泊中,而珍妮因为惊吓晕倒了……珍妮醒来的时候,发现自己躺在医院的病床上,布朗警长正等候在她病床前。珍妮哭泣着大声呼喊切西的名字,使劲要挣扎下床。布朗警长按住了她,告诉她切西已经遇害,请她务必先安心养伤。他问了珍妮一些事发时的情况,接着就匆匆离开了。

之后的日子里,珍妮一直沉浸在巨大的悲痛之中。她频繁地给布朗警长打电话,请求他早日将那万恶的歹徒捉拿归案。可是,日子一天天过去,什么消息都没有。不仅如此,珍妮还听说,那歹徒竟然还在频频作案,而他的下手对象,都是那些背着坤包的女子。珍妮对警察局的无能非常失望,她甚至想自己去寻找歹徒,拼上命也要为亡夫报仇!但手无缚鸡之力的她,如何斗得过穷凶极恶的歹徒呢?

终于,机会来了。这天,珍妮正落寞地走在屋外那条僻静的小道上,突然,一个陌生男子迎面走过来,和她搭讪道:"你好,夫人……"

珍妮下意识地退后了几步,惊恐地说:"你,你想干什么?"

"别误会,我不是坏人,请相信我。我只是想帮助您。"那男子微笑着说,"恕我直言,看到您一个人这么伤心地在这里徘徊,如果我没猜错,您一定和您丈夫产生了矛盾。是丈夫背叛了您吗?"

听到这里,珍妮的神色更加黯然。看到珍妮的表情,那个男子似乎坚定了自己的判断,继续说道:"如果是这样,我不妨向你推介一件小产品,保证对你有用。"说着,他从包里摸出了一部崭新的手机,"这是一款很特别的手机,它里面有微型窃听器和追踪器。你可以把这手机当做礼物送给你先生,这样不管他走到哪里,所发生的一切你都能听得清清楚楚,还能将对话录音。"

听到对方不停提到自己的丈夫,珍妮再也忍受不了了,她逃也似的跑开了。跑着跑着,她忽然停下脚步,思忖了片刻,又回过身来,沿原路折了回去。珍妮找到那名男子,说:"好吧,你这部手机我买了。"

几天后的一个傍晚,珍妮穿戴一新出了门,肩挂一只新买的坤包,一个人来到切西遇害的那个路段。她戴着墨镜,在那条路上来回徘徊,她的坤包里装着从那陌生男子手里买来的手机。珍妮希望在她身上再发生一次劫案,让劫匪把这手机抢了去,这样,她就可以通过窃听器了解劫匪的行踪,然后在第一时间告知布朗警长,好将这万恶的歹徒绳之以法。

珍妮在那条路上等了好几天,终于,那个劫匪出现了!没错,正是他!一样的服饰,一样的摩托车。噩梦般的情形再次出现在珍妮面前,她禁不住一阵慌乱,但很快就镇定了下来,装着若无其事的样子继续在小路上走着。几秒钟之后,只听"呼"的一声,摩托车从她身边呼啸而过,一切顺理成章,那歹徒飞快地从她肩上抢走了坤包,又消失在路的那头。

珍妮一点都没惊慌,她缓缓地摘下墨镜,随即从口袋里掏出另一部手机。这同样是一部特制手机,是从陌生男子那里一并买来的。她按照那男子的交代,轻轻按下了其中的一个键,将手机放在耳边接听。

成功了，手机里果然传来了摩托车急速行驶的"呼呼"声。接着，她在手机的电子地图上，找到了劫匪的位置！珍妮的心禁不住一阵狂跳，她急忙掏出了自己的手机，打通了布朗警长的电话："布朗警长，我是珍妮！我要向你提供一条重要消息，我掌握了那个劫匪的行踪……"

显然，电话那头的布朗警长非常吃惊，急急忙忙地说道："什么？你知道那劫匪的行踪？怎么可能呢？你是怎么知道的……"

"千真万确！"珍妮急切地说，"他刚刚抢走了我的一只坤包……"珍妮想告诉警长坤包内有一部暗藏着窃听器和追踪器的手机，但她想起陌生男子反复告诫她的话：无论在什么情况下，都不能将窃听器的事透露给警方，因为无论是贩卖还是使用窃听器都是违法的。想到这里，珍妮又马上说道："总之，他的行踪我掌握得清清楚楚，现在他正在沿着海滨大道急速行驶。好了，待会儿我将有更多信息提供给你，布朗警长，请你务必做好抓捕准备……"珍妮说完挂了电话，继续监听着那劫匪的动静。

她听到那摩托车的车速慢了下来，不一会儿，车停了，紧接着她又听到了一阵手机铃声，那劫匪接听了电话，只说了一句"好，我马上过来"，之后就又是摩托车行驶的声音……

过了没多久，珍妮听到，车又停了，劫匪似乎进入了一个房间。过了一会儿，房间里又进来一个人，一个恶狠狠的声音传了过来："怎么搞的！你的行踪暴露了？"

这声音非常耳熟，但珍妮一时想不起是谁，紧接着她又听到劫匪辩解道："不会的，怎么可能暴露呢？"

"你还狡辩！刚才被抢的那位珍妮小姐还给我打来电话，说已经掌握了你的行踪……"

天啊，是布朗警长！珍妮只觉得头"嗡"的一声响，她完全懵了，这到底是怎么回事？难道布朗警长和劫匪是……珍妮不敢往下想了。这时，她忽然又想起了那陌生男子说过的话——如果听到两人在对话，可以按下录音键保存记录。珍妮未及多想，急忙按下了录音键，这时，只听手机里传来一声巨响，之后，什么声音也没有了……

天啊，这又是怎么回事？珍妮越来越糊涂了，她试图再次拨打布朗警长的电话，可怎么也打不通，她只好拖着沉重的脚步回到了家中。

第二天一早，珍妮在早报上忽然看到了一条惊人的消息：昨日傍晚，一间出租屋内发生不明物体爆炸，两人殒命，其中一人是警察局的布朗警长，另一人则疑为频频作案的劫匪……

珍妮惊呆了，她完全不敢相信这一切。这么说，昨天和劫匪在一起的真是布朗警长？他们真的是串通好的？那这样看来，昨天那一声沉闷的巨响，应该就是爆炸时的声音了，是什么东西爆炸了呢？珍妮只觉得大脑一阵阵地发胀，她使劲地用双手揉着头部，什么也不敢再想了……

也不知过了多久，忽然，家里的电话响了。珍妮一把抓起电话，听到一个陌生的声音："早上好！珍妮小姐……"

"你是谁？"珍妮警觉地问道。

"哈哈哈……珍妮小姐，你不记得了吗？我们几天前见过面，你从我手里买走了那个神奇的手机追踪器！珍妮小姐，你是不是用它来跟踪了那个该死的劫匪呢？"

天啊，是他！珍妮不禁一阵颤抖。眼下发生的这一切莫非和他有关？心力交瘁的珍妮整个身子都软了下来。许久，她低低地问了一句："你怎么知道我的电话？"

那边又是一阵大笑,之后对方平静地答道:"珍妮小姐,你可真糊涂啊,我连你的长相、住址以及你丈夫遇害的事都了如指掌,还能不知道你的电话号码吗?当然,搜集到你的这些资料的确不易,但我必须要找到你啊,不然我和谁一起完成这件事呢?"

"你到底在说些什么?"珍妮咆哮了起来。

"请不要激动,珍妮小姐。"那边淡淡地说,"其实,我的苦难遭遇同你一样,几个月前,我的爱妻也死在那个劫匪的手上!我发誓,一定要捉到这个恶魔,为我的妻子报仇。一开始,我也曾寄希望于警察局,可后来我失望了,一次偶然的机会,我竟然发现布朗警长和劫匪是一伙的……这两个人害死了我的妻子,我发誓要将他们碎尸万段!"

老天!珍妮惊愕不已,手中的话筒差点也掉了下来。原来这一切都是真的,布朗警长真的同那劫匪狼狈为奸!怪不得警察永远也找不到那劫匪的行踪!珍妮强压住内心的激动,问道:"这么说,这些都是你策划的?那个手机追踪器到底是怎么回事?"

"看来你一点都不笨。"对方又笑了起来,"不错,这个事件的确是我精心策划的。那个手机除了能跟踪,还是一枚威力无比的微型炸弹!而我叮嘱过你的那个录音键,就是炸弹的遥控开关。是你替我,不,是替我们完成了报仇的心愿。"

珍妮只感到一阵天旋地转!她无力地说:"……可你为什么,为什么要拖我下水?"

"请你冷静!珍妮小姐。"那边继续不愠不火地说道,"不错,这一切都是我策划好的。请不要抱怨我拖你入伙,因为那个劫匪只抢劫女性,我几次尝试引诱劫匪失败后,这才想到了你……请原谅我,因为只有你同我一样,有着共同的命运以及共同的仇人……"

这时，珍妮家的门铃响了。那边继续说道："好了，我要挂了，警察在你的门口了，放心，他们只是例行询问，所有和你有关的证据都消失了，你也不要再想找到我。请守住我们共同的秘密。"接着，电话里传出了"嘟嘟"的忙音。

珍妮手一松，话筒掉落下来，"啪"的一声砸在了地板上……

（邹德元）

（题图：佐　夫）

绝代佳人

凯莉是个超级名模,这职业给她带来了金钱和名气,可是,在令人羡慕的光环下,有一个烦恼一直困扰着凯莉,那就是她太美了,美得无可挑剔。

凯莉有着金色的头发、精致的五官,所有时尚刊物都以用她的照片做封面为荣,他们把凯莉描述成世界上最美丽的女人。但凯莉不是那种徒有外表、头脑空空的姑娘,她很早就懂得了"红颜薄命"的道理。从学生时代起,无数优秀的男孩子在她面前都变得缩头缩脑,没有勇气约她出去,因为觉得她肯定会拒绝;相反,那些花花公子却不停地骚扰她,只为了让别人看到自己和学校里最漂亮的妞在一起。虽然有这些烦恼,但凯莉还从没遇到过真正恐怖的事,直到她遇到了那个叫戴维的男人。

凯莉第一次注意到戴维，是在为《时尚》杂志拍外景的时候。拍摄现场有不少路人围观，凯莉发现，围观的人里面有个大块头男人，一直用古怪的目光盯着自己。突然，凯莉意识到，自己不是第一次看到这个男人，她在其他拍摄场地也见到过他！一定是碰到跟踪者了。

起先，这个男人只是在一些拍摄场地出现，后来，凯莉在自己签约的模特公司门口看见他在外面晃悠。接着，这个男人开始给凯莉写信，他说自己叫戴维，是个门卫，在信里他狂热地表达着对凯莉的爱意。

终于有一天，凯莉在自家门口看到了戴维的那辆灰色汽车。凯莉冲上前去与他理论，可是，戴维完全不顾凯莉的愤怒，只是直勾勾地盯着她，令人恶心地喘着粗气，低声地自言自语："太美了，太美了……"凯莉只好沮丧地回到屋里。

从此以后，戴维每天都会把车停到凯莉家门口，直到夜深人静才离开。他还会在街上跟着凯莉，坐在她吃饭的饭店里，偶尔还叫一杯便宜的啤酒送到她桌上。凯莉向警察求助，可警察也没办法，戴维显然研究过相关法规，他知道怎样让自己的行为不触犯法律：他没有进入凯莉的私人领地，也没有侵犯她的财产。

后来，戴维竟然开始跟踪和凯莉约会的男人，并且对那男人说，自己是凯莉的未婚夫，叫他离凯莉远些。这下凯莉再也忍受不了了，她决心彻底地解决这个问题。她本来就没打算一辈子做模特，正好借这个机会隐退。她悄悄出售了自己在洛杉矶的房子，在一个海边小城安了新家。搬家那天，她特意选在周末的凌晨两点出发，走的都是小路。最后，她确定自己逃离了戴维的视线。开车驰骋在公路上，凯莉兴奋地想象着新生活：自己可以再读个学位，参加些慈善活动，说不定还能邂逅真心喜欢自己、不只看外表的男人……

可是,凯莉搬到新家后一个星期,她最不愿意看到的事发生了。这天半夜,她被一阵车子的发动机声惊醒,拉开窗帘一看,戴维的那辆灰色汽车正停在街对面!天啊,这个变态找到了她,他一定是雇了私家侦探。

凯莉一夜无眠,天一亮,她就走进当地的警署,警长罗萨接待了她。听凯莉讲了整件事的经过,罗萨十分同情,他保证会派警力密切注意凯莉的房子,一旦戴维做了什么不当的事,他们就可以限制他的活动了。凯莉绝望地说:"不,他太狡猾了,不会给你们抓住把柄的。"她停了一下,问,"警长,这儿的法律对自卫是怎么定义的?"

警长心里一动,严肃地说:"小姐,我知道你心里在想什么。国家对自卫有严格的定义,在你的屋子外,哪怕在你的门廊上,你都不可以向任何没有武器的人开枪,然后用自卫的理由来逃脱制裁。"接着,警长的语气和缓下来,发自内心地对凯莉说,"事情会过去的,千万别因为这个疯子亵渎了自己的生命。"

凯莉却像没听见一样,疲惫地说了句"我该走了",就离开了警署。

这天晚上8点,凯莉又听到了停车的声音。她从抽屉里摸出手枪,紧紧握在手里,从窗口向外看。只见戴维捧着一大束花向院子走来,他知道自己不能走进凯莉的私人领地,就把花放在草坪边,花束边还放了一封信。接着他向着屋子飞了个吻,回到车里开车走了。

凯莉等车子开远了才走出屋,她抓起花束扔进垃圾桶,捡起信封打开。她心想,也许警长找戴维谈过,把他吓住了,也许这是他写的道别信。可是打开信封一看,凯莉的心都凉了。戴维在信里说:凯莉离开了模特行业,这真是太好了。这样,他就不必和全世界一起分享她了。他知道,凯莉做这一切都是为了他,他们在这里一定会很幸福的……

凯莉绝望了,当晚她把房门上了三道锁,在卧室里痛哭了一夜。最后,她平静下来,对着那把手枪看了很久,心里明白,要结束这个噩梦,唯一的方法是要么戴维死,要么自己死。

两天后,凯莉飞到了南美洲的一个小国。几年前,她在这里拍过片子,在拍摄地附近的酒吧里认识了一个男人。两人喝过酒后,男人告诉了凯莉自己的职业,还问凯莉是否需要他的特殊技能。凯莉当时以为他在开玩笑,但还是收下了他递上的名片。现在,凯莉乘坐的飞机一落地,她就按照名片上的电话打给了那个男人。

两人约在一家酒吧见面。男人对凯莉说:"你确定要这么做吗?这很冒险,会毁了你未来的生活……"

凯莉坚定地点点头,从包里拿出一个厚厚的信封,说:"里面是十万美金,这就是我的回答。"

男人迟疑了一下,接过信封,塞进了自己的口袋。

同时,警长罗萨也没闲着。这段时间,他找戴维谈了好几次,敦促他停止对凯莉的骚扰。戴维却固执地说,他和凯莉互相爱着对方。凯莉飞去南美后,戴维还跑来警局吵闹,说警长把凯莉藏起来了。警长见无法说服他,就让联邦警局在戴维的电话里安了窃听器。

这天,警长正在办公室里,一个下属上气不接下气地跑进来,喊道:"警长,出事了!"警长问怎么了,下属说,凯莉回来了,她刚刚给戴维打了电话,语气温柔地说要见他。警长心里一沉,忙问下属:"他们约在哪里见面?"下属说:"约在今晚,在旧码头见面。"

警长摇摇头,想:真见鬼,旧码头可是个杀人的绝佳场所,那里很荒凉,凯莉或者她雇佣的什么人,可以轻而易举地把尸体抛进大海。不行,一定要阻止凯莉干蠢事。

警长带着几个下属立刻赶往旧码头。到了码头,隔着迷雾和雨水,警长隐约看到穿着雨衣的戴维正走向凯莉。凯莉背对着戴维站在岸边。警长大叫着让戴维停下,可是波涛起伏的声音盖住了他的喊声。警长大步向戴维跑去,但太晚了,凯莉突然转过身,朝戴维走去。由于海浪声太大,警长听不见枪声,蒙蒙的雨也使他看不清到底发生了什么,但毫无疑问,戴维被击中了。只见他双手抱胸,扔下花束,倒了下来。

警长大叫一声:"不!"他意识到,自己已经成了凯莉犯罪的目击证人,但警察的职业要求他严格地按照程序办,他只好举起枪对准凯莉,大叫道:"趴下,凯莉!"

警察的突然出现让凯莉吓了一大跳,但她马上按照指示做了,把脸贴在湿漉漉的地上。一个下属冲上去给凯莉戴上手铐。警长则跑到戴维身边,如果他还活着,至少凯莉不会被判死刑。警长撕开戴维的衬衣,寻找伤口,可是怎么也找不到。警长问戴维:"你哪里被打中了?快说呀!"戴维没有回答,一直在抽泣着,还不断大声呻吟,好像在忍受什么剧痛。警长又快速检查了一遍,奇怪的是,戴维身上一丝血迹也没有。

这时,趴在地上的凯莉发话了:"他没事,我没开枪打他。"

警长示意下属让凯莉起来。凯莉站起来后,所有人都惊呆了。一个年轻警察忍不住叫道:"上帝啊!"

出现在大家眼前的这个女人是凯莉吗?她有着和凯莉一样的头发,一样的身材,连声音也一模一样,但那张美丽的脸消失了,取而代之的是另一张脸:有些胖,鼻子歪歪斜斜的,肉肉的下巴,眼角还有皱纹。

警长结结巴巴地问:"你、你是谁?"

对方微笑着说:"是我,凯莉。"

警长迷惑地说:"我不明白。"

凯莉鄙视地看了一眼躺在地上的戴维,对警长说:"他跟踪我到这里时,我就意识到,我们两人之间必须有一个要死,我选择了自己。我把这家伙魂牵梦萦的对象给杀了,我杀了那个绝代佳人凯莉。几年前,我在南美认识了一个整容医生,他开了一家免费的慈善诊所,为在意外事故中毁容的人整形。当时他开玩笑地给了我名片,说如果要整容就找他。这次我决定采取行动时就想起了他。既然他能让受了那么大创伤的人恢复正常,那么也一定能让一张美丽的脸变得普普通通。我飞去南美见他,一开始他不愿意做这个手术,但我给他的诊所捐了十万美金,让他改变了想法。"警长听完,仔细地打量着凯莉,她不难看,只是看上去很一般,就和千千万万走在街上的路人一样。

这时,戴维又呻吟起来:"不、不……"他挣扎着站起来,冲凯莉大叫,"你怎么可以这样对我?"

凯莉怒吼道:"对你?我的长相、我的生活,这一切的一切都和你无关,从来就没有任何关系!"接着,她用双手抓住戴维的头,让他正对着自己,"看看我!现在你还爱我吗?"

戴维看了凯莉一眼,惨叫一声,转身就跑。他跑得那么慌乱,以至于绊了一跤,但他立刻爬起来继续跑。凯莉在他身后不依不饶地大声追问:"戴维,你爱我吗?你现在还爱我吗?爱吗?爱吗?"

六个月后,凯莉过上了自己想要的生活:她在大学里攻读硕士学位,每天沿着美丽的海岸慢跑,再也没有不怀好意的男人来搭讪了。她在聚会上认识了一个好脾气的律师,两人开始约会。至于戴维,从那晚以后,就再也没出现过。

(杰弗瑞·迪弗)
(题图:佐　夫)

步步紧逼

最近，阿成开了家超市，就在自己住的小区里，生意还不错。

这天上午，阿成接到老婆电话，说今天一大早，他们的对门邻居大东子来买了些东西，本来超市今天特价，可她一忙活给忘了，多收了大东子十三块钱，老婆让阿成去把钱还给大东子。

阿成有些不以为然，说："就这么点钱，等他再来买东西时，还给他就算了嘛。"

"你还不知道大东子的脾气吗？"老婆急了，说，"这小子脾气暴，前些日子，出租车司机绕了他两圈路，他差点跟人家动手。这次我多收了他钱，万一他以为我骗他，不就麻烦了吗？"

阿成觉得老婆说的有理，虽然自己跟大东子关系不错，可如果人家真以为自己老婆骗他，就算不动手，说几句难听话也受不了啊！阿成想起来，刚才听到对面房门响，大东子应该在家，就出去敲门。

阿成敲了会儿门，没人应声，他正打算走，看到大东子上楼来了。他赶紧叫住大东子，把事情说了一遍，然后掏出两张十块的递给大东子。大东子看上去无精打采的，掏出钱包看了下，说："没零钱，给我十块钱算了，那三块钱不要了。"

阿成坚持要给，于是，大东子一边掏钥匙，一边不耐烦地说："那你跟我回家，家里有零钱，找给你。"

两人进了屋，大东子从抽屉里拿了七块钱，没给阿成，却转身在沙发上坐下了，说："我说阿成，多收我十三块钱，其实也没什么大不了，不给我都行。不过，有些话我得跟你说明白。"

阿成心想坏了，这家伙果然心里不痛快了。他赶紧道歉："真对不起，都怪我老婆糊涂，可她不是故意的，你别放在心上。"

大东子冷笑一声，说："我不会放在心上，不过，我想给你讲个故事。咱小区边上，有个老乞丐总在那儿讨钱，你知道这人吧？"

阿成忙点头说知道，大东子又问："后来这老乞丐的腿不知道怎么断了，你也知道吧？"

阿成义愤填膺地说："知道，听说是被人给打的，你说谁那么混蛋啊？"大东子指着自己的鼻子说："你说的那个混蛋，就是我。"

阿成不由得大吃一惊："你？"

大东子说："对，是我用棍子一下一下打断的。你知道为啥吗？"阿成跟大东子做邻居这么久，还从来没见过他这副模样，心里有点害怕，忙摇了摇头。

大东子又冷笑两声,说:"因为这家伙敢拿我的钱!那天我裤兜漏了,一个五毛钢镚掉了出来,这王八蛋顺手捡起来,就放自己口袋里了。我让他还给我,他居然说没拿,这把我气的,正好旁边没人,我捡了根棍子就把他的腿打断了。"阿成简直不敢相信自己的耳朵,颤声问:"大东子,你跟我说这些是什么意思?"

大东子咬牙切齿地说:"我的意思是,我的利益不容侵犯,谁敢拿我的钱,我就要他好看!"

阿成又气又恨,他无论如何也想不到,大东子竟然是这种人!可看到大东子一脸冷酷之色,阿成只好再次道歉:"多收你的钱,是我们的错,以后绝不会再发生了。"大东子点点头,终于放过了他:"行,那就没事了,你走吧,我也得出去一下。"

大东子和阿成一起出了门,锁上房门,大东子把七块钱塞到阿成手里,诚恳地说:"成哥,对不起,刚才的话你别往心里去。"

阿成愣了,结巴着问:"你……这又是什么意思?"

大东子低声说:"没什么意思,刚才的事,你就当我没说。打乞丐的事,那是人干的吗?我是骗你的。"

阿成呆呆地看着大东子,满肚子的疑问。大东子笑了,说:"来来来,你不是没事吗?到我家再聊会儿。"说着,他慢腾腾地把刚锁好的门又打开了。

这时,阿成听见屋里好像有什么动静,奇怪地问:"什么声音?"

"老鼠吧?"大东子不以为然地说,"你别打岔,刚才的话没说完,我还得给你讲个故事。"

阿成实在忍不住了,说:"大东子,以前你不是这样的人啊,今天这是怎么了?"

大东子把脸一板,说:"今天被老板训了一顿,心情不好,想找个人出气,谁让你撞枪口上了,认倒霉吧!"大东子继续恶声恶气地说,"去年我家进了贼,后来那家伙被抓到了,蹲了三个月班房才出来。他出来当天,我就把他弄到郊区那烂尾楼里,狠狠地折磨他,最后那家伙跪在地上求我放过他。可是,既然敢偷我的钱,就应该做好心理准备,落在我手里,就让你求生不得、求死不能……"

阿成简直要疯了,这大东子怎么一会儿人一会儿鬼呀?他想打断大东子的话,可又有点不敢,只好任他喋喋不休:"这世界上最可恨的就是贼,总想着不劳而获,这帮家伙要是落在我手里,我扒了他的皮都算是轻的……"

阿成正不知如何是好,突然听到一阵"滴答、滴答"的声音,随后看到大衣柜门突然开了,一个人从里面撞了出来,"扑通"一声跪在地上:"大哥饶命,我再也不敢偷东西了,您可千万别折磨我呀!"

阿成一愣,一下子反应过来了,他之前听到大东子家门响,来敲门,大东子却不在,原来,那是这个贼进屋时发出的声音啊!

只见那家伙浑身发抖、满脸恐惧,身上一股尿臊味扑鼻而来——他吓得尿了裤子,刚才的"滴答"声是尿液滴在衣柜里的声音。

大东子得意地笑了:"哈哈,成哥,这回你明白了吧?我早上走得急,衣柜门都没来得及关,可回来时柜门却关上了,我就知道家里遭了贼。刚才那些话,都是为了吓他。咱们出去,是让他感觉到希望;再回来,是为了让他绝望!果然,吓得他屁滚尿流,哈哈,太过瘾了。"

(赫至名)

(题图:刘为民)

自杀代理

维克已经失业三个月了,一直没有找到工作。这天,他在外寻觅了一整天,还是一无所获,直到晚上,他才拖着疲惫的身体回到公寓,心灰意冷地打开电脑,浏览起网页来。

维克点击进入了一个社交网站,想看看能不能找到一个倾诉心事的人。这时,一个陌生的头像在一旁不停闪烁,维克点击了一下,一个对话框弹了出来:"你想挣得1000万美元吗?"

维克的心跳瞬间加快起来,但他还是不太相信会有这样的好事,于是回复道:"我想挣钱,但我能相信你吗?"

陌生人答道:"这是真的,也不太麻烦,只需要你轻轻动一下手指,就能拥有这些钱。"

维克心想，有了这么多钱，想有什么就能有什么。将来，就能过上享福的日子了……

陌生人打断了维克的遐想："我是一名抑郁症患者，活得很痛苦，一直想自杀结束自己的生命，但我一直下不了手，所以想雇个人帮我一下。"

维克大吃一惊，他打字的手不禁微微颤抖："你不会是想让我杀了你吧？"

陌生人回复道："不是杀我，是帮助我获得解脱，我还要感谢你呢。"

维克想了想，回道："那你死了，我问谁要这笔钱呢？"

陌生人答道："你放心，我会写好遗嘱交给我的律师，只要我得到了解脱，我的律师会把钱汇到你账上，放心，你不会吃亏。"

维克心里盘算着，1000万呢！要奋斗多少年才会有？再说对方是自己想死，我只不过帮个忙……最后，维克咬了咬牙，说："我干！我该怎么做？"

陌生人回道："很好！明天晚上11点，我会站在幸福树大厦的楼顶，你悄悄地走到我背后，把我推下去就行了。千万不要让我发现，不然我怕自己又下不了决心。完事之后，一定要先和外界断绝联系，不要出门也不要上网，过一段时间，等风声过了，再使用我给你的酬劳。"陌生人发完这些信息就退出了。维克看着屏幕愣了很久。

整整一个晚上，维克都没睡好，他不停地做梦，一会儿梦到自己有数不清的钱，一会儿又梦到那人从高处跌落摔死的惨状。突然，他听到警车拉着警笛呼啸而过的声音，一下子被惊醒了。原来是个梦。维克看看钟，已经是第二天的清晨了。

一整天，维克都在犹豫着，是不是该赴这个死亡之约。傍晚时分，维克在楼下的邮箱里收到一封信，打开一看，竟然是1000美元和一张便条,上面写着:"亲爱的维克先生,这是订金,请务必记住,今夜11点。"下面没有署名。看到这1000美元,维克终于下定了决心,决定要赌上一把,为了这1000万,担什么风险都是值得的……

广场的大钟敲响了11下,维克竖了竖衣领,硬着头皮踏上了幸福树大厦楼顶。今晚没有什么星星,楼顶上也有些冷,维克看见靠近边缘的地方,站着一个矮胖的人,这人背对着他,估计就是那个想自杀的白痴。

维克握了握几乎麻木的拳头,轻轻地走近那个人,快靠近的时候,那个人回了头,似乎有些惊恐。维克生怕对方不想死了,自己的1000万也飞了,便使劲抓住那人,要把他往外推。那个人不断地挣扎,维克不得不使出全力,猛地把他推了下去。过了一会儿,下面传来一声闷响,维克低下了头,默哀了几秒钟,像什么也没发生一样离开了。

维克回到家后,严格履行着约定,哪儿也不去,和外界断绝了联系。然而一天、两天……很多天过去了,没有一个人汇钱给他。终于,维克耐不住性子了,他上网查了那天的新闻,大吃一惊,新闻里说汉森公司的老板在幸福树大厦坠楼身亡,警方正在调查死因。而最新的一条新闻说,警方确定汉森公司老板的死系他杀,正全力追缉凶手。

维克感觉被骗了,全身的血都往头上冲,自己不但没有得到1000万,还成了杀人犯!如果被抓获,自己这条命都保不住了。他情绪激动地打开了上次那个社交网站,那个陌生人居然还在!

维克愤怒地问道:"你为什么欺骗我!"

陌生人回道:"我等你很久了,谢谢你!我原来是一家公司的老板,汉森公司用卑鄙的手段使我破产了,我想过自杀,但此仇不报我死不瞑目,我了解到他住在幸福树大厦,喜欢午夜在楼顶吹风,但我身体有病,如果被他发现,很难将他杀死,所以只能请你代劳了。"

维克更加愤怒:"我帮你报仇了,把钱给我!"

陌生人说:"我不是说了我破产了吗?寄给你的1000美元,是我最后一笔资产了。"

维克感觉非常绝望,又急又气地说:"我要杀了你!"

陌生人回道:"我心愿已了,可以安心地死了,今晚11点,爱嘉大厦顶层,我等你。"

维克一下瘫坐在椅子上,久久回不过神来,各种滋味全都涌上心头,他忍不住痛哭起来。

晚上11点,维克紧握着一把匕首上了爱嘉大厦顶楼,一个男人微笑着面对着他。看到对方,维克惊讶得说不出话来:"你……原来是你……"

那人笑着说:"是的,我们见过面。在一个招聘会上,你向我抱怨命运不公,说工作没了,女友没了,你想赚一大笔钱。你还告诉我,你喜欢上社交网站,于是,我便想到可以找你帮我的忙……"

维克被他的话激怒了,失去了理智,握着匕首就冲了上去:"去死吧!"

眼看维克就要冲到面前了,那男人突然闪开身,维克没有留神,径直冲了过去,一头从楼的边缘栽了下去。那人低下头,默哀了片刻说:"对不起,维克,我会去自首的。谋杀汉森老板是死罪,我经受不了,但我会对你的意外死亡负责,我希望法院判我终身监禁。我已经没有钱给自己治病了,进了监狱,我才有生存的希望。真的谢谢你……"

(陈自强)

(题图:安玉民 梁 丽)

牙医的手段

这天下午,沃尔医生的牙科诊所空无一人。沃尔医生觉得有些无聊,就拧开了收音机,听完新闻,不由得骂了一句,然后伸手准备关掉收音机,突然,一把手枪抵住了他的腰部,接着耳边响起一个阴森森的声音:"我想,你应该猜得出我是谁!"

沃尔医生脑子一转,关掉收音机,低声说道:"是的。"

刚才,沃尔医生从新闻中听到一个杀人犯越狱的消息:当时在医务室,监狱的牙医给他补完牙洞后,他用藏匿的手枪杀死了牙医,然后挟持了一名人质逃走,路上,他竟把人质推下车,造成人质重伤,接着就发生了哈利斯镇惨案……

这时,沃尔医生的冷汗冒了出来,他问道:"你……想让我做什么?"

杀人犯用低沉的声音说道："我现在牙齿痛得要命，也许是牙洞太大了。""你要我补牙吗？""是的，但不许你要花招！你知道，我看过不少牙医，牙医哪一步该做什么，我都一清二楚！听着，你要先给我打上几针。""是打麻醉吗？""是的，但你别想让我喝掺了麻醉药的酒，要是我感到腿脚有一点儿松弛，就马上让你尝尝整匣子弹的味道！"说着，杀人犯把枪晃了一下，一屁股坐到手术椅上，张开了大嘴。

"那当然，当然。"沃尔医生鸡啄米似的赶紧点了点头，拿出反射镜朝里照了照，"有四个洞。"接着，他开始扎针，杀人犯两眼圆睁，一眨也不眨，很快就点头说，他感觉下巴有些沉，舌头上也有刺痛感。

然后，沃尔医生熟练地用牙钻清理四个洞，他一边钻着，一边想着那个叫哈利斯的小镇。前两天，就是这个杀人犯开车经过那里，因躲避警察的追捕，他一路狂奔，结果撞死、撞伤了好几个在路上玩耍的孩子，想着想着，沃尔医生越钻越深……最后，沃尔医生将填充物塞进四个牙洞里，又将表面打磨光滑。

"补好了！"沃尔医生终于长吁了一口气，"漱漱口，就可以走了。"杀人犯张开嘴照了照镜子，满意地笑了，然后把枪塞进了口袋……

晚上七点，小约翰医生来诊所上晚班，发现沃尔医生被五花大绑绑在了椅子上，嘴里还塞着东西。他赶紧给沃尔医生松了绑，问出了什么事。

沃尔医生稳了稳神，这才告诉小约翰医生下午发生的事。小约翰医生听完，失声叫道："这怎么可能？那个杀人犯已经死了，离这儿有五十里路，我是刚从新闻里得知这个消息的。"

"没错，"沃尔医生低声说，"不过，是我杀了他。"

小约翰医生哈哈一笑，不以为然地说："算了吧，沃尔医生，他是自杀！

有人看到他举止疯癫，在路上来回地跑，有人报了警，他举枪四射，可什么都打不到，最后他恼羞成怒，朝自己脑袋开了一枪。"

沃尔医生点点头，似笑非笑地说："是我杀了他。""是吗？那你是怎么干的？"

"那个杀人犯要我给他补牙洞，我在填充物里放了麻醉剂。"沃尔医生凝神望着远方，一字一顿地说，"我把汞和银放在牙髓的角质里，能一直深入到牙髓腔，四根神经每一根都被汞和银压迫着。麻醉剂一旦失效，他会痛不欲生的！我想，为了躲避警察，他此时只能呆在没有医生的荒郊野外……"

小约翰医生恍然大悟："哦，我明白了！"

沃尔医生喃喃地说着："当时，我满脑子想的都是哈利斯镇的事，那些可怜的孩子啊！"

　　　　　　　　　　　　（原作：麦金利·坎特 改编：悠悠）
　　　　　　　　　　　　（题图：安玉民　梁　丽）

最后的凶手

这天,刘大成洽谈完一个大项目,回到办公室里,吩咐秘书开瓶红酒庆祝。他刚在老板椅上坐下来,电话铃响了,拿起来一听,那边一个陌生声音问:"刘大成是吧?"刘大成漫不经心地应了一声:"是啊,什么事?"

电话那头的声音说:"你是贵人多忘事啊。十年前那个月黑风高的夜晚,应该还没忘记吧?"

刘大成一个激灵,感觉到自己的神经像是被火烫了一下,十年前的一桩旧事立刻浮在脑海。

别看刘大成现在已经是个响当当的民营企业家,手里资产有上千万,可他十年前还是个普通打工者,当时在一家私人煤矿挖煤,要过年了,其他工人都陆续拿到工钱回家了,可轮到刘大成时,矿长却说没钱。刘大成听伙夫老秦说,矿上每年总是有人拿不到钱的。刘大成气得不行,那晚在老秦那儿喝了一肚子闷酒,出来便径直去找矿长黑头。

黑头开了门,见是刘大成,没好气地嚷道:"没钱!没钱!"

刘大成满嘴酒气,低声下气地哀求说:"你有钱,你给一半也成。"

"老子没钱!"黑头把刘大成往屋外猛地一搡,刘大成踉跄了几步,跌坐在雪地里。他只觉得酒劲儿上冲,从雪地里拾起根木棒,爬起来吼一声:"我揍你个王八蛋!"朝黑头当头一棒敲过去,木棒在黑头脑袋上敲个正中,黑头身子一晃,然后像截树桩似的轰然倒地。刘大成的酒意一下全醒了,傻愣愣地看着黑头在地上挣扎两下,不动弹了。这时,隔壁传来老秦的咳嗽声和开门声,刘大成猛地反应过来,不好,出人命了!他哆嗦着从黑头兜里掏了沓钱,慌忙逃跑了。

又惊又怕的刘大成,本以为警察很快会找到自己,拉自己去吃枪子儿,没想到东躲西藏地过了个把月,也没见有人追查自己。这天,他从一张包卤菜的旧报纸上看到了黑头被杀的消息,报上说西郊某矿矿长黑头被杀死,由于现场没有目击者,也没留下什么线索,给案子的侦破带来很大的困难⋯⋯

刘大成惊喜万分,这么说,老秦并没有去报案,警察也没有怀疑自己是杀人凶手。于是,他用从黑头身上拿走的钱,做起了生意,一步步发达起来⋯⋯两年前,大成公司正式挂牌了。沉浸在成功喜悦中的刘大成,也忘记了那桩血案,成天不是签约,就是谈判,然后灯红酒绿地享受,要多得意有多得意。

可眼下这个电话,又把旧事勾了出来,仿佛兜头给刘大成浇下一桶冷水。

"怎么，不会是想不起来了吧？"大概因为刘大成好一阵没说话，电话那边低沉含混的声音提示说，"钱多了，还是应该做点善事，南郊区马沟小学校的一百多个孩子现在正在破庙里上课读书呢。"那个陌生人说完，没等刘大成回过神来，就挂了电话。

刘大成颤抖着手，听着话筒里"嘟嘟"的忙音，细密的汗珠立刻爬满了额头。端着红酒的女秘书走进来，被他的样子吓了一跳，忙问："老总，怎么了？"刘大成摆摆手，搁下电话，抱着脑袋闷坐着想了想，说："安排车子，我要去南郊区。"

三个月后，由大成公司捐资的马沟小学校竣工了。

就在学校竣工的第二天，刘大成又接到了那个神秘的电话，电话里的人依然用低沉含混的声音说："十年前你讨钱是为了回家过年吧？时间真快，又快过年了，北郊一百多个孤寡老人住的养老院又破又烂，你有能力，为什么不让他们过个好年呢？"

刘大成愤怒了，他冲电话里喊道："老秦，我知道你是老秦！你别给我装神弄鬼的，我知道是你！"电话那头却"咔"地挂了。秘书惊诧地看着刘大成，刘大成无可奈何地叹息一声，说："你们马上去北郊看看那个养老院，马上规划重修。"

养老院翻修一新之后，没过几天，陌生电话又打来了，还是一个低沉含混的声音："刘大成，十年了……"

就这样，整整三年多，这个电话像魔鬼一样缠着刘大成。在这个神秘电话的指引下，刘大成修建了十多所小学校和敬老院，还出钱救助贫困学生、重病老人、陷入绝境的家庭……总之，只要那个神秘的电话一来，刘大成就要做一件善事，他不敢有丝毫违背，只能遵命执行。

刘大成的"善举"引起了媒体的注意，报纸电视纷纷报道刘大成的事迹,把刘大成称作"慈善企业家"、"爱心老板",市长亲自为他颁奖,人们把他当作学习的榜样。刘大成的生意越做越大,企业知名度越来越高,资产翻了一番。可刘大成整天战战兢兢,他知道有那么一只大手,可以轻而易举地将自己的财富和荣耀一下掀翻,甚至连小命也不会给他留下。他不止一次地梦见一长溜警车闪烁着警灯,向大成公司包围过来……

终于,刘大成的耐心到了极限,他要摆脱那个神秘的电话!

刘大成决定除掉老秦,让自己耳边再不会有那个让他浑身发抖的指令。他要将恐惧连根拔掉。刘大成以五十万元的酬金,雇了一个杀手,要他找到老秦,并且干掉他。

半个月后,杀手回来了,他带回的是一个让刘大成更加害怕的消息:老秦在两年前就得癌症死了。

死了?那打电话的又会是谁呢?除了老秦,还有谁是目击者?还有谁知道他是凶手呢?就在刘大成苦思冥想的时候,那个神秘的电话又来了。

又是一个低沉含混的声音:"刘大成,你还记得那个晚上……"

"你是谁?你究竟要怎么样?"刘大成先是歇斯底里地喊叫,随后变成了哀求,"你要多少钱才可以罢休?如果你愿意,我可以把我的财产分给你一半!求你放过我吧!"

那个声音打断了刘大成的话:"人民医院住着一个小男孩,他患的是肾衰竭,只需要三十万元手术费就可以获得新的生命。"说完,挂了电话。

刘大成呆若木鸡地枯坐在椅子上,整整一个通宵没有合眼,因为他不敢闭上眼睛,一闭上眼睛,就仿佛看见警察拎着手铐向他走来,接着是法官在宣读判决书,最后他被押上刑场,一声枪响,他拥有的金钱与地位,都和他的魂魄一起烟消云散了。

第二天,刘大成给人民医院的那个孩子送去了三十万元手术费。

过了一段时间,那个神秘的电话再次响起:"刘大成,你……"

这次,没等对方把话说完,刘大成就开口了:"我知道,东郊山上的老百姓喝水很困难。我已经把材料准备齐全了,明天就安排人去修水池,将水引上去!"东郊山上老百姓缺水吃的消息是他前两天看报纸看见的,他知道,那个神秘的电话早晚会指引他这么做的,干脆先把好事做了。

听见刘大成这么说,对方迟疑了一下,"啪"地挂了电话,话筒里"嘟嘟"的忙音让刘大成既愤怒又无可奈何。

不能这么坐以待毙!既然杀手靠不住,刘大成决定亲自动手。就算是掘地三尺,也要将那人挖出来,不管是老秦,还是老秦的鬼魂!

刘大成找到了老秦住的村子,老秦的坟墓上已经是野草丛生。他问村里人,人家说老秦早得癌症死了,还悲叹老秦因为没有钱治病,是被活活痛死的。

站在乱坟岗上,刘大成迷茫了。老秦是他杀人的唯一目击者,但是他却早就死了。那么,这些神秘的电话是谁打的呢?打电话的人又躲在什么地方?

那个电话却再没有响起,但是刘大成依然惶惶不可终日,他总感觉那个神秘的电话会在某一刻响起,唯一能够让它不响的办法,就是自己不断地捐资,修这里,帮那里。对于那些需要帮助的人和事,刘大成已经非常敏感了,他总是在第一时间出钱出力。

这天早晨,刘大成在报纸上看见了一个惊人的消息:多年前发生在西郊的杀人案成功破获,杀死黑头的凶手已经自首,他是一个中年汉子,名字叫曹三。

曹三? 曹三是凶手? 那自己呢? 刘大成将报纸看了十几遍,还是不相信这是真的。晚上,刘大成又在电视上看到了同样的消息。

明明是自己杀死了黑头,凶手怎么变成了曹三呢? 这年月,有人冒充名人、领导、警察……甚至冒充乞丐,可怎么也没听说有冒充杀人犯、冒领杀人死罪的。整整一个晚上,刘大成都没有睡着觉,他将自己当时杀死黑头的场景在脑子里放电影一般,过了一遍又一遍,确信那黑头的确是死在自己的木棒底下。

刘大成决定去看看那个叫曹三的。费了九牛二虎之力,刘大成终于见到了那个曹三。曹三满脸病容,警察告诉刘大成,曹三已经是癌症晚期了。

癌症晚期? 刘大成心头一惊,好像悟到了什么,他请求私下和曹三谈谈,警察犹豫了一下,答应了。

见了刘大成,曹三笑了,说:"我没想到你会来。"

刘大成迫不及待地问:"你就是打那个神秘电话的人?"

"不只我一个人。"曹三的回答让刘大成目瞪口呆,"我住进医院的时候,遇到了另外一个病友,他也是癌症晚期,他在弥留之际,拜托了我一件事情,就是压低嗓门给你打电话。"

刘大成问:"那个病友,是老秦么?"

曹三摇摇头:"不是老秦,他姓王。在老王之前,是老李,老李之前,才是老秦。"

曹三的一番述说,终于让刘大成知道了整件事情的来龙去脉:在那个癌症病房,老秦、老李、老王和曹三,这些病友将他刘大成杀人的事情作为一个秘密,像接力棒似的传送着,同时传送的,还有那个神秘的电话。

"老秦说那矿长黑头先前做多了恶事,死也是罪有应得,所以没打算告发你,直到八年后,从报纸上看到你的相片和发迹史,暗中观察了你好久,发现你已经被金钱埋没了良心,为富却不仁,就想着要惩戒惩戒你,所以才想出了这招。"

刘大成叹息一声,说道:"送人玫瑰,手有余香,看着我修的那些桥和路,建的房和楼,看着那些我帮过的人活得幸福,我也算是明白了人生在世的道理。但是我不明白,你为什么要冒认这个杀人死罪呢?"

"我知道,用这种方法'敲诈'你是违法的,所以不想让这个神秘的电话继续下去了。这案没有结一天,你就会被闹心一天,我这么做,为的是让你抛弃过去的包袱,今后做一个轻松的人。"曹三笑着说,"我的病已经到晚期了,选择这种方式,也算是解脱。"

刘大成不知道自己是怎么离开的监狱,怎么回的家……他的脑袋很乱,但是他想清楚了一件事情,那就是给他打神秘电话的癌症病人们,从老秦到现在的曹三,他们指引自己帮助了那么多困难的人,挽救了那么多的生命,却没有一个人为了自己给他刘大成打过一个电话……

第二天一大早,刘大成收拾了些衣服,走过阳光灿烂的街道,来到公安局,他说:"我是凶手!"

(安昌河)
(题图:魏忠善)

致命的油画

布朗先生是个画商,在伦敦经营着一家画廊,他有很高的艺术鉴赏力,却冷酷贪财,唯利是图。

这天,布朗在画廊里闲坐着,一位头发斑白的老人走进来,胳肢窝下夹着一个纸包,看上去像个穷困潦倒的艺术家。老人打开纸包,露出一幅镶嵌在乌褐色木质画框里的油画,老人小心翼翼地问:"老板,我想把这幅画卖给你,你看值多少钱?"

布朗走到柜台前,拿起画来仔细端详,看着看着,他眼睛一亮,这是一幅肖像画,虽然不是出自什么名家之手,但颜色构图非常出色,画中的女人看上去栩栩如生,这样的画卖出去肯定值一大笔钱。布朗心里盘算着，脸上却不动声色，皱了皱眉头说："这幅油画嘛，说实话它看上去很平庸，在市面上最多值50英镑。我愿意出45英镑买下它，但愿上帝保佑它将来能找到一个好买主。"

老人没有和布朗讨价还价，点头同意了。布朗把45英镑交到老人手里，老人转身想走，布朗叫住他："等一下，这幅油画是你画的吗？"

"不，它是我的收藏，这幅肖像画名叫《最后的艾丽丝》，据说出自一位无名的法国画家之手。"说完，老人匆匆离去。

布朗把这幅画挂在画廊里，心情愉快地欣赏着它。画中的女人大约二十多岁，穿着黑色晚礼服，手中拿着一束白玫瑰。她看上去非常美丽，神情里却带着哀伤，眼睛里充满了悲戚。布朗看着看着，似乎被油画中忧郁的气氛感染了，变得心情沉重起来，他想，那位无名画家真的很有艺术表现力！

晚上，一位法国收藏家来拜访布朗，他看见墙上那幅肖像画，一下子愣住了，他和布朗共进晚餐时显得心事重重，欲言又止，最后，收藏家忍不住问道："布朗，你从哪里买到墙上那幅肖像画的？它在我们法国的收藏界很有名气。"

布朗得意地说："今年下午，我从一个穷老头手里买下了它，我的眼光不错吧？如果卖给懂行的人，它起码值500镑。"

收藏家点上了一根烟，缓缓地吸了一口，说："布朗，如果我是你，会把这幅画尽早脱手。"

布朗怀疑地看着对方，冷冷地说："为什么？难道它是赃物吗？"

收藏家默默地吸了一会儿烟，说："我不是一个迷信的人，不想散布有关灵异事件的小道消息，但是关于这幅肖像画，确实存在着一些恐怖的传说。"

收藏家告诉布朗先生,这幅画名为《最后的艾丽丝》,创作于三十年前,创作者是位年轻的法国画家,画中的女人就是他的妻子。那位画家很有才华,可一直怀才不遇,日子过得很清苦,幸好他妻子美丽温柔,陪伴他一起奋斗了好多年,终于迎来了转机。那位画家的画逐渐受到人们赏识,他开始小有名气,生活条件也变得优越了,可就在苦尽甘来的时候,画家却移情别恋,迷上了一个年轻的女模特儿,他成天呆在画室里和女模特儿厮混,最后向妻子提出离婚。

画家的妻子十分爱他,什么也没说,很快就在离婚协议上签了字。第二天,她在家里服毒自尽了,临死前她身上穿着黑色的晚礼服,手上拿着一束白色的玫瑰花,脸上表情平静。

妻子死后,画家受到了良心的谴责,他这才意识到,自己最爱的人其实还是妻子,任何人都无法替代她的位置。他化悲痛为力量,把自己关在画室里两个月,疯了一样地画,终于创作出一幅令人震撼的油画,画中的妻子和生前一样美丽。油画完成后,画家跳进塞纳河自杀了。

"这真是一个令人悲伤的故事,"布朗耸了耸肩说,"可是这和我有什么关系呢?"

收藏家继续讲下去:画家死后,这幅画落到了一位巴黎富商的手中,他很喜欢画中的美女,经常把自己关在房间里,独自欣赏她美丽的容颜。有一天清晨,人们发觉他死在房间里,眼睛瞪得大大的,仿佛看到了什么可怕的东西。他的衣领被扯开了,脖子上、胸膛上被抓出一道道血痕,他的嘴巴就像缺水的鱼一样大张着,脸上满是痛苦。

富商死后,那幅肖像画被拍卖了,买主是个画商。一个月以后,那个画商也莫名其妙地死在店铺里,表情和那巴黎富商一模一样。

又过了几年,收藏家的叔叔买下了这幅画,当时收藏界已经有了关于这幅肖像的流言,人们说它是一幅不祥的画,会给收藏者带来种种不幸,可收藏家的叔叔是个不信邪的人,根本不相信那一套。他把这幅肖像和其他收藏品放在一起,几年过去了,什么事也没有发生。

有一年冬天,收藏家应邀去叔叔家做客,叔叔把所有的收藏品都拿出来给他看。收藏家看到《最后的艾丽丝》,被它吸引,叔叔把这幅画的传闻告诉他,还笑呵呵地说:"他们说这幅画上附着死者的冤魂,会给画的主人带来灾难,可是你看,我买下它已经几年了,生活一切正常。"

那天晚上,收藏家睡在叔叔的卧室里,叔叔睡在书房。第二天清晨,收藏家去敲书房的门,里面没有动静,他推开门,发现叔叔倒在椅子上,衬衫纽扣被扯开了,脖子上、胸口上被抓出一道道血痕,指甲上鲜血淋漓。叔叔翻着白眼,嘴巴大张着,就像离开水而窒息的鱼,幸好他还没死,正用微弱的声音说着什么。

收藏家把耳朵凑上去,才听清楚叔叔说的话:"那幅画……看着看着……我就开始难受……"他艰难地说着,头一歪死去了。收藏家低头一看,那幅肖像画正落在地上……

布朗先生听到这里惊呆了,焦急地问:"后来怎么样?警察查出他的死因了吗?"

收藏家摇摇头:"法医鉴定,他死于心血管疾病,可他的身体一向非常健康。我无法忘记他死前恐惧的眼神,他的手一直指着那幅画……我叔叔死后,那幅画被家人出售了,我曾经把这个故事私下里告诉了几个朋友,很快消息就在收藏界传开了,这幅画获得了一个别称——'死亡肖像'。"

布朗只觉得手脚冰凉,直到收藏家离去,他还没从震惊中恢复过来。

他想了想，走到墙边，摘下那幅油画，用白纸包裹好，塞进了抽屉，再也不敢看它了。

第二天，布朗先生正在画廊里胡思乱想，从门外走进来一个英俊青年，他叫阿隆索，刚从南美移民到英国，最近就借宿在布朗家。布朗的女儿珍妮对阿隆索很有好感，布朗对女儿喜欢一个穷移民很不满，多次责骂她，可珍妮根本不听他的话。

阿隆索夹着一个大邮包走到柜台前，挠了挠脑袋，不好意思地说："布朗先生，我想请您帮我鉴定一幅油画。"

布朗先生看了看方方正正的邮包，邮件上写着南美的地址，阿隆索说，这幅画原本属于他的一位远房姑妈，她喜欢收藏艺术品，前几天她去世了，按照她的遗嘱，阿隆索分到了一幅油画，刚从邮局拿来，还没打开包裹看呢。

于是，布朗拿出裁纸刀，慢慢裁开纸包，准备取画鉴定，就在这时，珍妮开车从外面回来，车上装着大包小包的东西，她喊阿隆索过去帮忙搬东西。阿隆索刚走，布朗就把邮包打开了，里面露出一幅风景油画，他定睛一看，激动得双手颤抖，揉揉眼睛仔细看，没错，这是法国画家莫奈的一幅风景画，没想到，阿隆索意外得到了价值连城的宝贝！

布朗贪婪地看着那幅画，忽然冒出了一个念头，他抬头看看，阿隆索和珍妮还在搬东西，没注意这边的情况。那幅《最后的艾丽丝》看上去和莫奈的画尺寸相仿，如果把两幅画掉包，不仅能得到一幅传世名画，还能甩掉死亡肖像的负担。布朗当机立断，迅速打开抽屉，从木头画框中取下那幅《最后的艾丽丝》，把莫奈的画放进画框里，再把没有画框的肖像画塞进邮包里。

一会儿，阿隆索走了回来，好奇地问："怎么样，布朗先生，这幅画值钱吗?"

布朗咳嗽一声,故意用惊奇的口气说:"没想到真是一幅好画,我估计它在市场上能值500英镑。"

"真的吗?太好了!"阿隆索高兴地从邮包里取出油画,仔细地欣赏了一番,然后向布朗道谢,兴高采烈地抱着画回房间去了。

布朗也很高兴,烦心事就这么圆满解决了,还意外地得到了一幅贵重的名画。他幸灾乐祸地想,如果死亡肖像能应验在阿隆索身上,他又少了一个麻烦。晚上,他蹑手蹑脚地走到阿隆索的房间外,透过门缝,看见阿隆索斜躺在床上,那个大邮包就放在床头,邮包里露出肖像画的一角。布朗诡异地一笑,又悄悄走回自己的卧室。

布朗取出莫奈的画,端端正正地挂在墙上,然后又坐到床上,观赏着风景画,心里充满了喜悦。"这幅画能卖几十万英镑啊,天,我真的发大财了,谁会想到我的运气这么好!这幅画应该尽快拍卖掉,钱到手就放心了。"

半个月后的一天早晨,珍妮没见布朗下楼吃早饭,便去房间叫他,门没关,推门进去一看,珍妮一声惊叫:"阿隆索,快来!"

阿隆索睡在楼下的房间里,听到喊声连忙跑上去,只见布朗直挺挺地躺在床上,床单乱糟糟的,似乎他在床上来回翻滚过。布朗的睡袍扯开了,胸前抓出了一条条血印,他眼睛木然地瞪着前方,还没有断气,他的手艰难地指着墙上……

阿隆索抬起头,墙上只有一幅风景画,他茫然地看了看布朗,而这时的布朗已经气息奄奄了,他的身子抽搐了几下,终于不动了。

珍妮吓得脸色惨白:"爸爸到底得了什么病?"

阿隆索没有回答,他默默地走到墙边,仔细打量那幅风景画,突然,他看到了那乌褐色的画框，身体猛地震了一下，他伸出手去，轻轻抚摸着画框，回头对珍妮说："我知道你父亲的死因了。"

阿隆索告诉珍妮，这画框的木材来自一种罕见的树木，它的树身是乌褐色的，木质细密，会释放出有毒的气体，如果人长期在密闭的空间里吸入这种毒气，就会中毒而死。这种树生长在南美热带雨林，阿隆索在南美长大，所以了解它的特性。这种木材运到欧洲，欧洲人对它的毒性一无所知，就把它制成了画框。

珍妮恍然大悟，但阿隆索说的只是画框的秘密，至于墙上那幅画的秘密，将永远是一个谜了……

(青　蔻)
(题图：佐　夫)

不义之财

不速之客

青城小吃街上，有家小饭店，店主刘东升是从农村来城的小老板。这天是农历八月初八，是个好日子，刘东升特意选了这个好日子，为儿子办喜事。

喜宴办在盛隆大酒店，酒店大厅很大，除他家之外，还有另一对新人在此设婚宴，巧的是，两家都姓刘。为了怕来宾搞混，两家一东一西，在大厅两侧设了来宾接待处，桌面上摆着印有新郎、新娘姓名的牌子，来宾进门即可一目了然。

中午时分，客人们陆续到达。大厅内顿时熙熙攘攘，热闹无比。刘东升喜容满面，与儿子刘大伟、儿媳婷婷一起迎接前来的亲朋好友。

刘东升是十年前举家迁来青城的，城里的亲戚朋友不是很多。刚过十二点，客人已基本到齐，只剩下两个客人还未到。刘东升见时间不早了，就让新郎、新娘先进去，自己在大厅接待处候着。

这时候，只见一个年轻人手里攥着一个红包，快步走进酒店。刘东升见不认识，以为是另一家的客人，就没迎上前去。那年轻人站定，左右看了一下两张桌子上的牌子，然后径直向另一家的桌子走去，但过去跟那边的迎宾员交谈了几句，又转身朝刘东升走过来。

刘东升觉得奇怪：自己根本不认识此人，若是大伟和婷婷的朋友，他应该看到牌子上新人的名字呀，怎么会走错地方？但他这么想着，还是迎上去问："小伙子，你是大伟的朋友吧？"

年轻人看着他，问："您是……"刘东升回答说："我是大伟的父亲。"年轻人"哦"了一声，又问："您叫刘东升吧？"被一个年轻人直呼姓名，刘东升心里有些不痛快，但还是点点头问："你是……"

年轻人似乎松了口气，将手中的红包递到刘东升手里，说："这就对了，这是有人托我送过来的，说要交给新郎的父亲刘东升。"

刘东升心想：看来是自己的某位朋友不能亲临，他连忙热情相邀道："来的都是客，小伙子，你也进去一块儿喝杯喜酒吧。"年轻人却摆手谢绝，告辞走了。

刘东升翻看一下红包，见封皮上只写了一个"安"字，心中觉得纳闷：自己没有姓安的朋友啊。又见红包很薄，应该没多少礼金，他就撕开红包，却见里面只有一张纸条，打开一看，不由胆战心惊，只见上面写了一句话："我在交通宾馆406房间恭候，速来见我，否则的话，小心你们的喜事变成丧事。"署名是安宁。

刘东升倒吸一口凉气,心想:安宁是谁啊?怎么没有印象呢?这个"安"姓在本地也很少见,刘东升翻来覆去看着纸条,冥思苦想了半天,脑中突然一闪念,猛地记起一个人。一想到此人,刘东升顿时脸色白了,双腿禁不住发抖,嘴里喃喃自语:"是他,难道是他找上门来了?"他掐指一算,叹了口气,道,"十五年了,该来的终究要来的。"

自己要不要去见对方?刘东升犹豫了半响,然后走进宴会厅,在老伴耳边说:"我有点急事,要离开一下,你们先开席吧。"说罢,他也顾不得跟众宾客打招呼,就匆匆离开酒店。新娘婷婷望着刘东升的背影,问身边的新郎:"大伟,爸怎么脸色那么难看?是不是出什么事了?"

"没有啊,婷婷。怎么还不上菜啊?我饿了。"大伟边说边用筷子有节奏地敲着桌子。这刘大伟长得挺帅,就是小时候生过一场重病,影响了大脑,有时候行为有点出格。今天,他穿新衣戴新帽当了新郎倌,那个高兴劲甭提啦!他跑前跑后跟着忙了一上午,此刻咧着大嘴,不住地问:"怎么还不上菜呢?我饿了……"

婆婆过来,安慰婷婷道:"你爸有点急事要处理,咱们不等他了,马上开席吧。"大伟一听,开心得欢呼起来:"哦,开席喽——"婷婷看了大伟一眼,眉头微皱,有些心神不宁。

再说刘东升,半小时后,他心事重重地走进了交通宾馆,来到406房间门口站了片刻,按响门铃。

门开了,屋里站着一位年轻漂亮的姑娘,她面带微笑道:"你是刘东升叔叔吧?请进。"刘东升感到很意外,问:"你是……"姑娘说:"我叫安宁。"

刘东升原是壮着胆子、鼓足勇气来的,深怕对方对自己不利,而此刻见到是位姑娘,不由暗暗松了口气。他走进屋里,神态慈祥地问:"姑娘,我不认识你啊,你找我有事吗?"姑娘微微一笑:"可你认识我爸爸啊,我爸爸叫安达明,你不会忘了吧?"

"安达明?"刘东升脑子一转,知道对方有备而来,难以抵赖,就装着冥思苦想的样子想了一会儿,猛地一拍大腿,说,"我想起来了,原来你是安老师的女儿啊,你爸爸现在还好吗?"姑娘说:"我爸爸已经去世了。他临终前让我来找你,说他请你代为保管了一样东西,有这回事吗?"

"什么东西?"刘东升又装着诧异的样子回忆,"没有啊,他没交什么东西让我保管啊,你是不是找错人了?"姑娘一听,顿时沉下脸来,说:"刘叔,你再仔细想想,我提醒你一下,是一个箱子!"

没等刘东升回答,门突然被人推开了,进来一个满脸横肉、身材魁梧的大汉,他往刘东升身边一站,手里把玩着一把闪着寒光的刀子,斜眼看着刘东升。刘东升心里一惊,脸上却还装作无辜的样子,说:"我、我确实记不得了。"

姑娘冷冷一笑,对大汉说:"二豹,刘叔岁数大了,记性差,可能一时记不得了,你让他呆在这里好好回忆回忆。对了,今天是刘叔儿子的大喜日子,他那宝贝儿子脑子有点问题,现在刘叔不在他身边,我怕他应付不过来,你就做做好事,带上几个兄弟去酒店帮他一下吧。"

那个叫二豹的大汉扫了刘东升一眼,说:"行,我一定好好照顾他!对了,还有新娘子,我也会好好照顾的!"说罢,转身就要走。

刘东升一听吓了一跳,他偷偷一瞧门外,见有不少人,如果这么多人到婚礼现场一闹,不但好好的婚礼要被搅黄,说不定还会伤害到儿子、儿媳。他想自己老了无所谓了,可儿子却是刘家的希望所在啊,不能有任何闪失!这么一想,刘东升忙道:"慢……再让我好好想想。"说着敲着脑壳,假装一副焦急的样子,一会儿开口道,"我想起来了,是有这回事,你爸曾经让我保管一个箱子。"

姑娘听了,转怒为喜,甜甜一笑道:"我想把箱子拿回去,你看行吗?"刘东升忙说:"当然行,当然行。不过,箱子现在不在我身边,在农村老家放着呢,我也很久没回去了,不知道现在还在不在。"

姑娘又一次冷下脸来:"你少跟我耍花样,实话告诉你,刘家庄我们已经去过了,没找到那个箱子。"刘东升说:"我藏在隐蔽的地方,你们当然找不到。"姑娘盯着刘东升的眼睛,在判断此话的真假。

刘东升躲开她的目光,说:"当时,你爸爸说里面只是装了些衣服、书之类的东西,不值钱。不过他一直嘱咐我要好好保管,我怕带在身边给弄丢了,所以进城之前,就把它藏在了老家一个隐蔽的地方……"

姑娘说:"好吧,刘叔,我相信你。听我爸说,你们俩是好朋友,你能不能把当时我爸托你保管箱子的经过跟我说一说?"刘东升道:"当然能,不过,事情过去这么多年,我人老了,忘性大,得让我先好好回忆回忆……"

神秘箱子

说起来,刘东升认识安达明纯属偶然。

十五年前,刘东升远离家乡,在山东沿海一个偏僻小岛上的扇贝养殖场打工。在他的工友中,有一个叫安达明的,此人平时沉默寡言,除了干活,就是坐在海边冲着大陆的方向发呆。两人同住一间宿舍,又在一个劳动小组,每天驾着一条小船在海面上劳作,朝夕相处,时间一长,两人就有了交情。

刘东升渐渐发现,安达明虽然话语很少,但说话文绉绉的,显得很有学问,根本不像那些没读过几天书的大老粗。而且,不管白天多累,晚上临睡前,安达明总会捧着一本砖头厚的《法律大辞典》看一会儿,还写读书笔记。他那手漂亮的字,刘东升以前只在字帖上才看到过。刘东升觉得奇怪,这个跟自己完全不一样的读书人,怎么会到这兔子都不拉屎的地方干这种苦活累活呢?

那年的中秋节,不管远近,工友们都回家过节了,只有安达明一个人主动留在岛上值班。刘东升过完节回来,走进宿舍,就见到安达明正对着一张照片发呆,那是一张一家三口的合影。安达明听到动静,一转头,刘东升就看到他满脸的泪水。

当天晚上,两人一起喝了瓶烧酒。临睡前,刘东升见安达明又捧起那本《法律大辞典》,便忍不住问:"老安,别怪我多话,你是不是跑到这儿躲什么?"

安达明一听,手陡然一抖,书掉到了地上。他赶忙强作镇静,捡起书,笑道:"没有啊,你怎么会这样想呢?"刘东升说:"老安,你就别瞒我了。我敢肯定,你以前肯定不是出苦力的人,没干过重活儿,对吧?"安达明不由自主地点点头。

"还有,你从不跟外面的人联系,可你经常看着照片发呆,照片上的是老婆孩子吧,为什么不跟她们联系呢?"

安达明眼神闪烁,说:"其实……我是跟老婆吵架之后才跑出来的……躲在这儿不想见她。"

"那你天天研究法律书干什么?你看你床底下那堆书,全是法律类的,难道你想考律师啊?"

安达明对刘东升的唠叨有些生气了,不由脱口而出:"不行吗?"说着,他扫了刘东升一眼,凶光一闪。刘东升不由一颤,后悔自己多嘴,忙道:"老安,你别多虑,我可不是出卖朋友的人。对了,我得提醒你一句,以后你尽量不要跟别人一起睡觉,你经常说梦话。"

安达明一听脸色大变,惊恐地连声问:"我是不是在梦里说什么了?我都说了什么?"刘东升说:"乱七八糟什么都有,有一次你大喊'坦白也是死,不坦白也是死,我决不坦白',还有一次,你哭着喊'宁宁我对不起你',宁宁是你老婆吧?"

安达明摇摇头,说:"是我女儿……原来,你早就知道了。"他深深地吐了一口气说,"好吧,既然你都知道了,我也就不瞒你了,我确实是一个逃犯。"

"你犯了什么罪?"

安达明沉默半晌,道:"我伤了人,是我老婆。其实,我是一名老师。我老婆嫌我窝囊,背叛了我,我一怒之下就用硫酸毁了她的容,现在警察到处在找我,我只好躲到这儿来,想等风头过了再回去。刘哥,求你为我保密,我不想回去坐牢。"

刘东升见对方不拿自己当外人,连这种事都告诉自己,当即很仗义地拍着胸脯表示:"你放心,我无论如何都不会说出来,要是告诉别人,我、我就不得好死,出门被车撞死!"

自那以后,两人交情就更深了。三个月后,安达明突然决定要回省城探探风声,临走前,他把一个大旅行箱托刘东升保管,并说:"我要是没回来,你也不要丢掉,将来我会安排人来找你取箱子。"说着,随手撕开一个琥珀烟的烟盒,让刘东升在上面写下自己的名字和地址,又说,"将来如果有人拿着这烟盒来找你,你就把箱子交给他。"

刘东升提提箱子,很沉,上面还上了锁,便好奇地问:"这箱子很重要吗?"安达明说:"都是些衣服和书,还有我的笔记,对你来说没有用,对我却非常重要。"

刘东升表示:"好,你放心,我一定给你保管好,我在箱在,我亡箱亡。"安达明笑道:"没那么严重。"接着,他从兜里拿出一个厚厚的信封,放到刘东升手里,"刘哥,这是一万块钱,算是你替我保管这个箱子的报酬。我若是不回来,你也不要再在这里干下去了,还是回家吧,用这点钱做点小买卖,也能养活自己。"

刘东升接过钱,心想:原来他是个这么有钱的人啊!

安达明离开后,就再也没有回来。两个月后,刘东升辞了工,提着那个沉甸甸的箱子,返回了家乡。

刘东升把经过对姑娘说完,突然想起那张烟盒纸,便问:"对了,你说你是安老师的女儿,有什么凭证?"他问了这话,心想:你如果拿不出来,我就有理由不还箱子了。可是姑娘当即打开包,取出一张发黄的纸:"这个你应该认识吧?"刘东升一见正是当年自己写下的那张烟盒纸,顿时哑口无言。

姑娘一笑,问:"那只箱子,你打开过没有?"

刘东升立即赌咒发誓:"绝对没有,不是我的东西,怎么能随便打开?我不会干那种对不起朋友的事情。"姑娘点点头,说:"最好如此。好了,咱们这就出发,到你老家去取箱子吧。"

这时,刘东升眼珠一转,央求道:"姑娘,我儿子今天办喜事,要不,过两天再去取怎么样?"姑娘道:"现在什么事情都没去取箱子重要。刘叔,如果完好无损地拿到箱子,我可以付给你一笔保管费,五万块钱怎么样?"

刘东升立即面露惊喜,说:"姑娘,箱子里到底装了什么?这么值钱!"

姑娘说:"也没什么,因为是我爸爸的遗物,所以对我来说,什么都是无价之宝。"

刘东升心急火燎,苦思脱身之策。他心知肚明,今天拿不出箱子,对方绝对不会轻易放过自己,但一时又脱不了身,看来只能走一步算一步了。于是他说:"那好吧,我带你们去,但咱说定了,那五万块保管费你不能赖账!"

姑娘说:"当然算数,不过若是箱子不在了,或者你动过箱子里的东西,后果你自己清楚。"

尘封往事

一个小时后,姑娘、二豹和刘东升坐上了去刘家庄的长途客车。

刘家庄在青城二百公里之外的山区。一路之上,刘东升搜肠刮肚,寻找摆脱两人的办法,可就是想不出一个管用的主意。眼看着老家越来越近,刘东升的心更加忐忑不安了。他在想:到时候真相暴露,还不知对方会用什么手段来对付自己呢。

原来,那个箱子早已经不在了!

当年,安明达一去不回,刘东升就带着箱子和那一万块钱回到老家。那时候,一万块钱是笔大钱,刘东升将钱存进银行,不舍得花,也没拿出来做买卖。没想到第二年,儿子突然生了场大病,为了治病,那一万块钱花得一个子儿也不剩,家里又陷入了困境。

刘东升又想出去打工,可他老婆却盯上了那只箱子,说咱守着一座金山不去挖,还等着饿死不成?开始刘东升不明白,说咱哪来的金山啊?老婆就从地窖里拖出那只箱子来,说:"这就是金山,那人肯花一万钱让你保管，里面的东西还不知道要值多少万呢。"

刘东升一听，吃惊道："这箱子可动不得，我答应人家要好好保管的。再说，里面就是些衣服和书，不值钱。"老婆"哼"了一声说："这鬼话你也信？真是衣服和书的话，干吗要上锁？东升，都这么长时间了，那人也不来拿箱子，我看他八成是来不了了。"

刘东升连连摇头："反正不能动，不然将来人家找来没法交代。"老婆说："咱也就打开看看里面装的是什么嘛，没事的。"

其实，刘东升对里面装着啥也好奇，不过，他是个老实人，恪守着做人的准则，因此不同意开箱子。老婆无奈，说："那你也不能出去打工，你得守着这箱子，一步也不能离开。"

刘东升说："开玩笑，让我一个大男人专门在家看管这破箱子？"老婆说："要是里面全是宝贝，丢了你赔得起吗？所以说，咱应该打开箱子看看。里面要真是些破书烂报，你就出去打工；要全是宝贝，你就得在家替人家继续看管，否则丢了少了的，咱可赔不起。"

刘东升想想也是这个道理，犹豫了半天，一咬牙，说："好，那就看看。不过，咱先说好了，不管里面是什么，咱都不要动。"老婆答应了。

两人就开始鼓捣着开锁。可那是个密码锁，两人从下午一直折腾到半夜，也没能打开锁，不由大眼瞪小眼，瞅着箱子，一筹莫展。老婆想了想，站起身说："我去找把剪刀，把箱子撬开算了。"

刘东升忙阻拦道："我看还是算了吧，到时候人家看到箱子拆过，咱脸面上就不好看了。"

老婆却不管不顾，找来把刀，在箱子底座"噌噌"下了刀，撬开一条缝，里面的东西露了出来。两人一看，对视一眼，两颗心同时"怦怦"猛跳，里面竟然是方方正正的一捆百元大钞！

老婆激动之下,又猛砍几刀,箱子"啪啦"破开了,里面的东西完全暴露在两人眼皮底下。原来,箱子里面并没有书,而是五捆百元大钞,一捆足足有十万元。另外,还有几件衣服,其中一件衣服里面包着几张纸。刘东升两口子拿着纸研究了一阵子,觉得这些纸好像是几份股权证。当时,两人还不知道这股权证的价值,就把它扔到一边,一门心思全在那堆钱上。

也不知过了多久,刘东升听到老婆在问:"当家的,咋办?"刘东升声音颤抖地反问:"你说呢?"老婆说:"这么多钱,咱一辈子……不,几辈子都赚不到啊。这些钱要是咱的,咱就是躺着什么也不干,这辈子都够了。"

刘东升抬头看看老婆,见老婆的眼睛像兔子一样,通红通红的。他知道,此时自己的眼睛肯定也是通红通红的,面对这么一大堆钱,谁能不红眼呢?巨款当前,这个老实巴交的农民也抵挡不住诱惑,把什么做人的准则都抛到了一边。他问老婆:"你说怎么办?"

"当然是留下,傻瓜才还给人家呢。"

"可要是人家来找怎么办?这么多钱,他早晚会来找的。"刘东升有些担心。老婆说:"咱躲得远远的,有这么多钱,哪里不能住啊?咱到城里买套房子,他到哪里找去?"

刘东升摇摇头:"想找一定能找得到的,这么多钱,到时候他肯定饶不了咱们。"老婆突然眼睛一亮:"这人这么长时间不来找你,会不会出了什么事?说不定现在已经死了。"

刘东升听了,眼睛也一亮,说:"对啊。这样,老婆,这笔钱先别动,明天我到省城去找他,看能不能找得到。"

第二天,刘东升就去了省城。他按照安达明留的地址找到那所中学,却查无此人。显然，安达明留的是假单位、假地址，想来，安达明这个名字也可能是假的。刘东升心中不禁懊悔，自己当初也留一个假地址就好了，那对方就永远找不到自己了。

找不到安达明，刘东升就给自己找了个理由：反正我已经找过你，要还箱子给你，但是找不到你的人，那就莫怪我要动那只箱子了。

刘东升回家后，在一个早晨，一家人不告而别，不知所踪。

直到过了四五年，刘东升一个人回到老家，乡亲们才知道他家在城里买了房子。刘东升向乡亲们打听有没有外地人来找过他，听说没有后，他这几年始终悬着的心稍微落下了一些。又过了五年，还是没人来找他要箱子，刘东升一颗悬着的心总算落了地，他深信，都十多年过去了，对方不会再来找自己。

没想到，就在儿子结婚的大喜日子，却祸从天降，对方找上门来了！

坐在车上，刘东升转动脑子想主意。他觉得，现在只有两条路可以走：一是豁出去，宁死不交钱；二是认个错，把东西还给人家。

不过，现在想还也不可能全还上了，那些股权证倒还在，可是那五十万早已折腾得差不多了。进城之后，他家买了房子，开了小饭店，这几年小饭店的生意不太好，也没赚到什么钱。还有，为了给儿子娶媳妇，更是花了不少钱。他这个半傻儿子，哪个姑娘肯嫁给他？幸亏遇上了婷婷这个贪财打工妹。婷婷是外地人，一年前来到小饭店打工，刘东升第一眼就看中了这个姑娘，有意撮合她和儿子。他心里清楚，婷婷决不会看上自己的傻儿子，但有钱能使鬼推磨，结果或许会不同。于是，刘东升不惜血本，用钱引诱这个小姑娘，他对婷婷暗示，只要她愿意嫁给儿子，就把家里的房子和二十万存款都转到他们小夫妻名下。婷婷果然见钱眼开，立刻同意跟大伟结婚。

刘东升心里明白,婷婷是冲着那二十万来的,但他管不了那么多了,只要能给刘家传宗接代,花再多的钱也在所不惜。现在,如果没了那二十万,只怕婷婷立马就要跟儿子离婚,刘家就没指望了。所以,刘东升打定主意,绝不能把剩下的钱交出去!

怎么办呢?刘东升想来想去,突然起了杀心,心想安达明既然死了,自己只要将眼前的两人除掉,从此一家人就可以无忧无虑地过日子,哪怕赔上自己这条老命,也值了。

刘东升瞄了一眼坐在身旁的姑娘和二豹,暗暗打定了主意:豁出去了,宁死也不交钱!

金蝉脱壳

三人坐车到了离刘家庄不远的镇上,下车后,本应住一宿,第二天早晨再去刘家庄,但刘东升此时已心怀杀人的念头,不想拖延时间而节外生枝,便提议连夜赶到村里。对方也很心急,自然同意。于是,三个人买了手电筒,步行十多里山路,连夜来到刘家庄。

三人进村后,径直来到刘东升的老屋,只见屋里被翻得乱七八糟,一片狼藉。刘东升见了不但不急,反而暗自高兴,他故作吃惊地大叫道:"坏了,坏了,进来小偷了,箱子一定被偷走了。"

二豹抬腿踢了他一脚,骂道:"少玩花样!这是前儿天老子来翻的,快说,你把箱子藏在哪儿?"刘东升说:"我怕被人偷走,藏在地窖里了。"

"地窖在哪里?快去拿来。"

刘东升用手电筒照照地窖的门,说:"你们看,地窖门也被人打开了,箱子肯定不在了。"二豹一把揪住刘东升:"老东西,还敢耍刁?你别以为我们不知道,你肯定把箱子里的钱拿走了。五十万啊,你给我老老实实交出来,否则的话,你今天别想活着出去!"

姑娘喝住二豹:"二豹,别动粗,先松开他。"她用手电筒照着刘东升的脸说,"刘叔,我希望你主动把箱子里的钱还给我们,否则,你就是侵吞别人财物,我们要是报案的话,你肯定要去坐牢的。"

刘东升耍赖道:"你有什么证据证明我保管了你们的箱子?"

姑娘一笑,慢慢从随身的包里取出一支录音笔,说:"在宾馆的时候,我把我们的对话都录下来了,是你自己承认当年我爸将箱子托你保管的,你想抵赖也抵赖不了。你自己说吧,是想私了呢,还是想坐牢?"

刘东升这才如梦初醒,原来对方让自己叙述当年经过,是为了取证据。他暗暗骂自己大意,只好苦着脸问:"怎么私了?"

姑娘说:"私了很简单,箱子里有五十万,我可以给你十万,你只要把其余四十万还给我,我就不追究此事。"

刘东升说:"那五十万我都花光了,要不……"二豹一听钱花光了,就急了眼,没容刘东升把话说完,一把揪住他怒吼:"少给我装蒜!你要是凑不够四十万,我拧下你的脑袋。"

刘东升叫道:"你就是打死我也拿不出四十万啊。"姑娘说:"那好吧,你就等着坐牢吧。不过,我要提醒你,即便是坐牢,法院也要判你赔偿我们的钱。"

刘东升硬着头皮道:"要钱没有,要命一条,你看着办吧。"姑娘说:"你这条破命我还不稀罕呢!没钱你还有房子啊,我已经找人评估过了,现在你那房子也值三十多万,差不多够了。"

刘东升一听急了:"你们不能动我的房子,那是我留给儿子的。"刘东升很明白,没了房子,一家人在城里就没有了立足之地,儿媳肯定留不住，这个家也就散了。这么一想，他口气软下来，说："咱们再商量一下，我手头真的没有那么多钱，求你们宽限几天，我想办法凑钱给你们，好不好？"

姑娘跟二豹对看一眼，略一沉吟，道："好吧，我再相信你一次，谅你也玩不出什么花样来。我给你一周的时间，时间一到，我就把证据交到公安局，你就等着坐牢吧。"

于是，三人就连夜往镇上赶。在经过陡峭险峻的鹰嘴崖时，刘东升就起了杀心，他盘算着先把二豹推下悬崖，剩下一个姑娘就好对付了。不料，对方似乎早有了戒心，凡是经过危险地带，两人就一前一后跟他拉开距离，刘东升根本找不到下手的机会。

第二天中午，刘东升才回到家。老婆一见，焦急地问："到底出了什么事？你昨天到哪里去了？"

刘东升阴沉着脸说出大事了，他让老婆把儿子、儿媳叫来，当着一家人的面，刘东升就把当年的事情简单说了一遍，最后说："现在人家找上门来了，你们说该怎么办？"

他当然不指望儿子能说出什么主意来，所以眼睛一直看着儿媳婷婷。婷婷却阴沉着脸，一言不发。但从她的表情看，此事完全出乎她的意料，她跟大伟结婚是冲着钱来的，没想到刘家的钱来路不正，是一笔义之财。她当然觉得是上当受骗了，没当场翻脸就不错了。

刘东升知道儿媳心里的小九九，只得说："婷婷，你别担心，我一人做事一人当，我想好了，钱我不会还给他们的，大不了我去坐牢。"婷婷听了，终于开口道："爸，可你就算去坐牢，他们也会逼着我们还钱的。"

刘东升说："不怕，我昨天就想好了主意。""什么主意？"婷婷问。刘东升停顿了一下，仿佛下定了决心似的，说："我马上就把房子和存款全部转到你的名下。"

老婆一听，悄悄拽了拽他的衣服。刘东升知道老婆是担心儿媳靠不住，就对她解释说："现在只能这样了。转到你名下肯定不行，儿子呢，也不行，父债子还，那些人还是会逼他还钱的。现在，只有婷婷最安全，她是外姓旁人，没有义务替我还钱，谁都拿她没有办法。这样一来，咱们的家产就保住了。"

婷婷一听，脸上立刻多云转晴道："爸，这主意是好，可是……我不忍心看你去坐牢啊。"

虽然不知道儿媳的话是真是假，刘东升听了，心中还是稍稍感到一丝暖意。他语重心长地说："我老了，只要你能好好跟大伟过日子，替我们刘家传宗接代，我就是去坐一辈子大牢，也心甘情愿。"

婷婷沉默了一会儿，突然想起了什么，问道："爸，你说那箱子里还有几张股权证？能不能拿给我看看？"刘东升马上明白了她的意思，说："对了，这几张股权证也交给你保管。"说罢，他从卧室拿出股权证，交给婷婷，说，"也不知道这几张纸值不值钱，因为怕暴露，我以前一直也没敢找人问。"

婷婷接过股权证看了之后，手微微颤抖，眼睛放光。刘东升见了，奇怪地问："婷婷，这些东西有用吗？"婷婷假装淡淡地说了一句："没什么用。"说着，随手将股权证装进了口袋里。

善恶有报

接下来，刘东升当天就到房管部门办理了房屋产权变更手续，然后又去银行，把存款全部转到了婷婷的名下。一切办妥以后，他就主动去交通宾馆找那姑娘和二豹,他要告诉他们自己现在已一无所有,如何处置,全随他们了。

然而,当刘东升赶到宾馆,却得知406房间的客人早已退房走人了。刘东升大感疑惑:奇怪,难道他们不追究自己了?再一想,反正是福不是祸,是祸躲不过,等着吧。他又匆匆回到自家的小饭店,见只有老婆和儿子在,就问:"婷婷呢?"

老婆说:"回家有点事。对了,她临走时留了点东西,说让你看看,像是封信。"老婆说罢,从抽屉里拿出个信封递给刘东升,"你看看是什么玩意儿?"

刘东升满腹疑惑地嘟囔道:"这孩子,什么话不能当面说,还搞这一套?"他撕开信封,先是掏出一张发黄的琥珀烟盒纸,上面歪歪扭扭写着"刘东升"三个字。老婆识字不多,但"刘东升"三个字还是认识的,她问:"这不是你写的吗?"

刘东升一看,先是惊异,接着困惑,继而感到了恐惧,觉得后脊背阵阵发凉——这张纸前几天他才见过,分明是在那个叫安宁的姑娘手里,现在怎么会到了婷婷这儿呢?

信封里还有一封信,刘东升双手颤抖着打开,只见信上写道:"刘老板,现在你一定想知道我是谁了吧。其实,我才是安达明的女儿安宁。两年前,我按照爸爸当年的嘱咐,到刘家庄去找你,从你邻居口中得知你突然发了财搬到城里去了,就猜到你肯定打开了那个箱子。我知道,你是不会轻易把吃到嘴的肉吐出来的,不得已只好出此下策,设法当了你的儿媳,伺机夺回我家的东西。好在你那宝贝儿子好对付,我没有什么损失。现在,物归原主,钱和股权证我就带走了。对了,不妨告诉你,其实我的主要目的就是拿回股权证,它们现在的价值,说出来怕吓到你。

还有，提醒你一下，不要报警，报警对你没什么好处……"

看到这里，刘东升跳起来，冲老婆大喊："快，快，赶快回家！"老婆不明白："咋了，纸上写了什么？"

"婷婷跑了！快回家看能不能堵着她！"

老两口一前一后，屁股着火似的奔回了家。但为时已晚，婷婷已经带着自己的行李走了。刘东升两眼一黑，一屁股坐在地上，哀嚎道："完了！这回全完了！"

老婆也傻了眼，忙问："信上都写了啥呀？"

刘东升掏出信，继续看信："前些天找你的那对男女，都是我的朋友。以我这一年来对你的了解，知道你为了儿子什么事都肯做，所以，我才选了和你儿子结婚那天，让他们来逼你还钱。一切不出我所料，你宁愿坐牢，也要把一切都留给你的儿子。你的做法，我很感动。你是一个伟大的父亲，但你又是一个卑鄙的小人，擅自动用了我爸托你保管的财物，发了一笔不义之财。我本来还想惩罚你们的，但考虑到现在已经璧归赵，而且念在你对我不错，就不再追究了。以后，你们只要用心经营小饭店，一家三口生活应该没有问题。至于房子，你们就先住着，只要不想走，我决不会赶你们走的。安宁。"刘东升看完信，狠狠地抽了自己一巴掌，而后颓然地瘫在沙发上，老泪纵横。

回想这十几年，就如同做了一场梦。自己一个穷光蛋，靠一笔不义之财，从乡下搬到城里，从贫穷到富有，没想到转了一圈，如今自己又成了穷光蛋，不该属于自己的东西，终归又失去了。

几天后，刘东升转让了小饭店，带着老婆、儿子，重新回到了老家。

走之前，刘东升在收拾"儿媳"房间的时候，在一个箱子底下，发现了几张旧报纸。平日他对书报没有兴趣，但一瞥之间，报纸上的一张照片吸引了他。这是一张十五年前的报纸,照片上一个人戴着手铐,旁边还有简单的文字介绍:畏罪潜逃的贪官安建设落入法网,必将受到法律的严惩。

这个人,赫然就是安达明。原来,他的真名叫安建设。

刘东升急忙翻看另外几张旧报纸,无一例外,上面都是有关安建设的信息,其中有一条是:昨日,贪官安建设被执行死刑。

多年来困扰在刘东升心中的疑团,终于解开了。他想:怪不得当年安达明没回来取箱子,原来他是个潜逃的贪官。想来那次他回到省城后,就失去了自由,不久又伏法毙命。那箱子里的五十万元和股权证显然都是赃款赃物,他不敢带在身边,这才冒险让自己替他保管。而且他也没打算亲自回来取,而是预先计划把这笔赃款留给自己的女儿,他让女儿等个十年八年,再神不知鬼不觉地来取走箱子,拿回这笔不义之财。于是,在十五年后,就有了安宁的这条苦肉计,她略施手段,就迫使自己主动地把一切都交还到了她的手里。

同时,刘东升也明白了,为什么安宁在信中不许自己报警,因为这一笔钱,对刘东升来说,是不义之财,对她安宁来说,何尝不是呢?

刘东升左思右想,最后下了决心:"这笔不义之财,我得不到,你们也别想得到!"于是,他抓起电话,伸手按了三个号码:110……

(黄　胜)
(题图:杨宏富)

生死悬于一线,这是勇敢者的游戏。

探秘·险事
tanmi xianshi

杀手与保镖

霍尔登从事的职业十分特殊,今天,他要去完成自己退休前的最后一次任务。

吃完早饭,霍尔登把装有消音器的手枪装进枪套。这次雇主说工作的地点在游泳池,为了避免脚下打滑,他穿了那双定制的麂皮黑皮鞋,穿上它,六十五岁的霍尔登感觉自己就像三十五岁一样。

霍尔登知道,像他这个年纪还在天天跟枪打交道的人已经很少了,连警察都六十岁退休,更别说自己这种危险的工作,所以每次接到新的活儿,他都慎之又慎:一次次地侦察地形,找到最佳的射击角度,选好脱身的路线。没办法,他的身份是一个杀手,杀手必须比保镖更注重细节。

　　这时，霍尔登卸下弹匣，再次确认没有装错子弹，然后出门上了车。半个小时后，霍尔登的车开进了艾菲堡宾馆，时间还早，他进了宾馆的西餐厅，选了一个背对餐厅大门的座位，把墨镜摘下来，放到桌子上，要了一杯苏打水，静静地喝着，翻看着当天的报纸。

　　中午时分，从墨镜的反光里，霍尔登看到目标出现了。目标的名字叫施德曼，是个胖老头，他旁边跟着的一个精干的小伙子，是施德曼的新保镖尼克。霍尔登用手指轻轻挪动墨镜，墨镜里映出施德曼和尼克穿过餐厅，从餐厅后门出去了。

　　霍尔登懒懒地把报纸收起来，分成两份，装进兜里，跟了出去。突然，他看到施德曼和尼克穿过草坪，他们似乎去了会议室而不是游泳池，该死，这不是既定的路线。还好，路边停着很多为客人准备的电动自行车，霍尔登赶紧蹬上一辆自行车，悄无声息地绕到了会议室的后门。

　　霍尔登跳下车的时候，左脚有一处旧伤疼了一下，但他来不及多想就进了后门，伏在拐角处，然后拔出枪，努力调整自己的呼吸。这时，保镖尼克先推开大门进来了，他警惕地扫视着四周，霍尔登的枪瞄准了尼克，但没有射击，他的目标是施德曼。霍尔登眯起眼睛，瞄准尼克的身后，这时，胖老头施德曼也走进了大厅。

　　霍尔登果断地开枪了，尼克反应迅速，几乎是枪声响起的同时，他伸手推开施德曼，但还是差了一步，子弹击中了施德曼的腹部，施德曼倒在地上，不停地挣扎。尼克立刻拔出佩枪，向霍尔登这边开了两枪，子弹险些击中霍尔登。趁霍尔登躲避的间隙，尼克回身查看施德曼的伤势。

　　霍尔登在墙边静静地等了一会儿，按照雇主的要求，他应该再补一枪，于是，他从左边兜里掏出那一卷报纸，团成一个球，凌空扔了出去，尼克听到动静，回身射击，子弹准确地击中了那团报纸。这时，霍尔登把手中的另一份报纸轻轻地撕成碎片，然后脱下皮鞋，突然像撒花一样抛出了那一叠碎报纸和两只皮鞋，与此同时，他从墙后朝施德曼和尼克的方向连开三枪，紧接着，他跳出来，在纷纷扬扬的纸片的掩护下，瞄准躺在地上的施德曼，又开了一枪。打中了！他看见施德曼再次倒在地上，这时，霍尔登眼角的余光看到保镖尼克正在举枪向自己瞄准，他慌忙卧倒在地，打了个滚，但是没有躲开，尼克的子弹还是打中了他的左肩，同时，他感到左脚一阵钻心的疼痛。

按照规矩，霍尔登的任务结束了，因为雇主并没有提出要置保镖于死地，但是，霍尔登决定折回去。霍尔登根本就不在乎中了弹的左肩，他更在意的是左脚。他活动了一下，疼痛使他几乎无法站立。他一瘸一拐地绕到正门，用手枪的消音器把门推开了一条缝，只见大厅里，施德曼的两处伤口正不断地流血，尼克背对着大门，正用脱下的衬衣为施德曼压住伤口。霍尔登无声地举着枪走过去，把枪口正对着尼克的头，说："把枪扔掉！"

尼克愣住了，他举起沾满血的手，慢慢转过身，看着霍尔登，眼神里全是愤怒，他说："你杀死了我的雇主，现在要杀死我是吗？"

霍尔登眯起眼睛说："你不想放下枪吗？我猜你穿了防弹衣，可是你要知道，我也有可能穿了防弹衣，而在你扣动扳机之前，我会先打爆你的头，你想试试吗？"

尼克看看躺在地上的施德曼，他的眼中掠过一丝畏惧，但似乎很快就被愤怒替代了，他说："今天是我职业保镖生涯的第一天，没想到竟然也是最后一天，你是老牌的职业杀手，我输得心服口服。"说着，他举起手枪对准了自己，"我的老板死了，是我的失职，我必须自杀！"然后他扣动了扳机。

令人吃惊的是，尼克的头上并没有出现一个预想中的血洞，只是"噗"的一声，尼克甩甩头，有些诧异，这时，本来还躺在地上流血的施德曼竟然坐了起来。霍尔登哈哈笑着，朝坐在地上的施德曼身上连开数枪，施德曼只是了几下身体，并没倒下，不但如此，浑身是血的施德曼竟然慢慢脱下了西装，西装里面是一件满是血洞的马甲，一些细电线连接着很多小爆炸点挂在马甲上，施德曼脱下来的时候触到了其中一个小爆点，马甲上就出现了一个新的血洞，一些血流了出来。

施德曼把马夹脱下来，对霍尔登说："这东西真重，我这次搞的是动物血，逼真吗？老伙计，本来我以为你把我杀死就结束了，谁知道你竟然会折回来，怎么？你觉得这个小子还算不错？"

霍尔登的左脚几乎疼得无法忍受，他坐在了地上，说："这次你要付给我双倍报酬，本来我杀了你之后应该离开的，但是你也看到了，我老了，旧伤频繁发作，我该退休了，不能再这样一次又一次地帮你选保镖了。"

施德曼点点头："那么你认为尼克怎么样？"

霍尔登欣慰地说："尼克的枪法很不错，他竟然打中了我，而且他的反应和判断都很好，我想他只是缺乏一些实战经验，于是，我想看看他在面对死亡时的反应，就折回来试探他，没想到他竟然会选择自杀。施德曼，你需要的正是这样一个保镖，一个视责任重于一切的保镖！就像我当年一样。"

尼克这时还在摸着自己的脑袋，露出疑惑的样子，施德曼知道，他一定在想，明明自己开枪自杀了，为什么没有死，这是怎么回事？

施德曼把地上的手枪踢给尼克,说:"看看弹匣吧,都是橡皮子弹,小子,跟老霍尔登这个神枪手比起来,你还差一大截呢。好吧,我决定听霍尔登的意见,付给你每年五十万的保镖薪水,但是,我建议你从这些钱里拿出一部分给霍尔登做学费,这对你有好处,哈哈……"

霍尔登眯起眼睛,点点头说:"尼克是目前为止的最佳人选,我做你的保镖二十年了,为了测试你的新保镖们是否合格,我又扮成杀手足足杀了你六年,感谢上帝,现在我终于可以放心地退休了。"

施德曼满意地点点头,去换衣服了。看到雇主走远了,尼克突然悄悄地对霍尔登说:"完美的计划,爸爸!我唯一的问题是,如果真有杀手来杀施德曼,我该怎么做呢?"

"嘘——"霍尔登看看四周,轻声说,"二十多年来,从来就没人想要杀死过他,那些假杀手都是我雇的,所以我才可以让施德曼多次化险为夷。想想看,如果感觉不到杀手的威胁,他会付给保镖那么高的薪水吗?"

"那他会不会发现我是你的私生子?"

霍尔登笑了:"永远都不会,他关心的只有三点:他的钱,他的命,和保镖的忠心!相信我,只要你表现出绝对忠心,并且像我一样平衡好这三者的关系,这份工作将永远属于你。"

(吕浩峰)
(题图:佐 夫)

蝎窟突围

1972年春天,内蒙生产建设兵团某部后勤班的五男五女,临时组成一个"采煤班",乘一辆卡车,来到荒无人烟的沙漠边缘地带。这一带地表煤层较多,稍稍挖掘就可出煤,团里伙房、小电站及冬季取暖全靠这煤。

他们在一个背风向阳的沙丘旁安营扎寨,男女兵各搭起一个帐篷,两帐篷之间垒起临时锅灶,又将随车带来调剂伙食用的八只绵羊圈在一个简易的栏圈里。一切就绪,已见日影西斜,于是副班长小胡帮助炊事员柳红开始升火做饭。大家悠闲地躺在帐篷里休息,男兵在嘻嘻哈哈侃大山,女兵在叽叽喳喳说私房话,还有人吹起了口琴,帐篷里满是欢声笑语,大家已商定好,吃完饭就跑到沙漠里海玩一番。

谁也没想到乐极生悲,一场灾难即将降临……

忽然,从远处传来狗的凄厉叫声,正在案板旁揉面的小胡大叫:"巴特它们出事啦!"

"巴特"是他们带来的狗,一条凶猛的牧羊犬,恶狼都不敢近它的身,还有一条黑花狗叫"哈苏"。这狗是用来防御野兽袭击的,这一带狼多,前些日子还传说从兴安岭上跑下了熊瞎子。现在听见狗在哀叫,大家的心都揪紧了:莫非猛兽来袭击了?

大家急忙跑出帐篷,看到了令人恐怖的情景:刚才还生龙活虎的两只狗,此时却像疯了一般,没头没脑地在地上翻滚着。狗的一声声惨叫,使人心惊肉跳,但暮色之中远远望去,附近又不见什么野兽,真是见鬼!小胡最先跑到狗的身旁,定神一看,顿时大喊:"狗身上……"他没有喊完就扑倒在地,凄厉地嚎叫着。随后跑上去的柳红吓得失魂落魄,呆在那里,突然也痛苦地蹲下身去。大家冲上去一看,原来是毒蝎在袭击!小胡和柳红身上都"粘"上了好几只毒蝎,"巴特"和"哈苏"的身上有几十只毒蝎在扑腾着……

这时,又有一群群的毒蝎从附近一个洞穴里"刷刷"地爬出来。这些毒蝎足有两寸多长,钳状的螯肢十分发达,攻击性很强。它们舞动着双钳向前爬着,腹尾翘得老高,后尾上都长着月牙形的黑色毒针,毒针上满是毒液,有的甚至还"噗噗"地喷射着毒汁。

战士们哪见过这么大、这么凶的蝎子,一时都吓呆了,两个胆小的女兵尖叫着哭喊起来。"快躲开!"人群中响起一声喊叫,喊话的战士叫哈斯巴干,他是当地的蒙族青年,晓得这种毒蝎的厉害。大家赶紧躲开这两只奄奄一息、爬满毒蝎的狗,架起小胡和柳红,又迅速抖掉他们身上的毒蝎,赶紧后撤。人们往回跑时,脚下踩着的毒蝎发出"嗲嗲"

的响声，至少有上百只被他们踩死。人们惊恐地发现地上到处是蝎群，它们正成群结队地从那洞穴里爬出来，现在看来，那洞穴肯定是毒蝎居住的窟，刚才，"巴特"和"哈苏"闯进去把它们激怒了……

班长大鹏返身从汽车旁拎过一桶汽油，"哗"地洒向冲过来的毒蝎，毒蝎被这么一浇，一反常态地就地打转，滚作一团。大鹏跑远几步，把燃着的烟蒂扔了过去，瞬间腾起了一片大火，火焰里的毒蝎被烧得噼啪作响。但是，这里周围没有易燃物，火势很快缩小，蝎群只是在着火时惊了片刻，一会儿，又气势汹汹地向人们扑来。

大伙儿都跑进了男兵的帐篷，关严了门，坐在里边喘着粗气，多数人的头脸手脚被蝎子喷上了毒液，立时红肿起来，疼得钻心，大家急忙用脸盆里的水来冲洗，好在除小胡和柳红，谁也没被毒蝎蜇到，而他们两人的情况也开始严重起来，躺在地上呕吐、呻吟着，大家的心都紧紧揪着。

哈斯巴干说："这种蝎子毒性极大，被蜇而得不到救治，必死无疑。治蝎毒的药很难找，我们老家那里只有一个老喇嘛会治蜇伤……"

班长大鹏一听，急得眼里要冒出火来："赶快突围，把小胡和柳红送到团部卫生所去，不然死路一条！"说完，他赶紧让司机去开车，又背起小胡，女兵们架着柳红，大家紧随其后……

谁知司机刚推开帐篷门，就"哇呀"一声惨叫，连忙关紧了门，又甩掉了右眼上的一只毒蝎，跌跌撞撞地找脸盆去洗……他开门的刹那间就遭到了袭击，这说明帐篷外已布满了毒蝎，大家的心情立时紧张起来。

十几只蝎子已从刚才开门的空隙中扑了进来，大鹏急忙放下小胡，用铁锨猛打蝎子。这当口，却听得帐篷四周的帆布上"沙沙"作响，刚才这么一开门，惊动了成千上万只毒蝎，它们拼命地搜寻着缝隙想钻进帐篷，大举进攻……大家瘫坐在地上，惊恐地望着四周的篷布，生怕从哪条缝隙里钻进蝎子来。这时，忽又听见帐篷外羊圈里的羊在拼命地叫着，大伙心里都明白：这些羊将一只不剩地惨死在毒蝎的攻击之下！女兵们抱成一团哭了起来。

哈斯巴干有沙漠生活的经验，他说现在是春季，正是蝎子求偶交配的季节，所以才群居在一起。这么多的蝎子，仅靠现在这些人，无疑是以卵击石。大伙面临这阵势束手无策：没有任何通讯工具，又是荒无人烟的地带，无法与外界联系，更不能指望在天已大黑的时候，奇迹般地出现救星……

战士们都难过地低下了头。历史上的凯撒大军在进攻非洲的大战中，就有军队遇上毒蝎而遭到惨重伤亡的记录；二战时北非战场上许多士兵也死于毒蝎的袭击……眼下，一旦篷布外穷凶极恶的蝎群冲进来，战士们根本无法对付，更揪心的是小胡和柳红都已进入昏迷状态，司机的右眼也已肿成一个大包……

班长大鹏想了想，当机立断地说："要想活，只有冲出去！"几个女兵，平时身上爬了个虫子都要叫爹喊娘的，现在一听要组织第二次突围，全都吓得哭了起来。女兵还犹豫着，忽见几只蝎子从小胡躺着的篷布角落里钻了进来，速度极快，转眼就是一群，它们喷着毒液，舞着双钳向人们进攻，帐篷里顿时乱作一团。大鹏猛地背起小胡大喊："冲出去，往汽车那边跑！"大家蜂拥而出，冲出帐篷，帐篷口的毒蝎拼命地向冲出来的人们喷着毒液。大伙背着伤员，在这令人毛骨悚然的"毒蝎阵"里拼命突围，可是，大伙跑到汽车旁又傻眼了：手电光下，只见一堆堆的毒蝎已在他们之前爬满了汽车，凶狠地舞动着双钳严阵以待……

大家簇拥着三个伤员，拼命地跺着脚下的毒蝎，向夜色茫茫的空旷地带撤退。但是前后左右全是"沙沙"作响的蝎群,在它们的围攻下,战士中不断有人倒下……看来他们这次突围失败了,死神在向每一个人逼近,天亮时这片荒凉的土地上,将会横躺着十名战士的尸体和那些死狗、死羊……

绝望之中,大伙忽然听到空中响起了翅膀扇动的声音,定睛一看,一些大鸟从天而降!这些身影庞大的鸟像是兀鹰,它们在四周低空盘旋,不断地俯冲地面,抢食着毒蝎,每啄到一只,便一扭嘴甩掉毒蝎那长有毒刺的后尾,然后才一口吞下。刚才还张牙舞爪的蝎群一下子乱了阵脚,匆忙向蝎窟方向撤退。大鸟越来越多,铺天盖地,不多一会儿,战士们身上的蝎子全都不见了,用手电往地上一照,只见几只受伤的蝎子还在垂死挣扎,除此之外,便是遍地的蝎子尾巴,真是奇迹啊!

夜色之中,大鸟那黄绿色的眼睛闪着幽光,显得分外醒目。"是猫头鹰!"哈斯巴干捂着被蜇肿了的嘴巴,兴奋地叫喊着,"我小时候就听说过,猫头鹰爱吃蝎子,可突然有这么多的猫头鹰来救咱们的命,真是奇怪!"

司机的脸和双手都被蜇得红肿,受伤的右眼往下流着黑液,他沙哑着喉咙喊道:"大家快上车!"接着忍痛发动了车,还能动弹的四五名战士把重伤员抬上了汽车。临走时,哈斯巴干用手电扫了一下羊圈,八只绵羊蜷缩着死在那里,惨不忍睹……

战士们回到了团部,卫生所的医生立即进行紧急救治。小胡、柳红等五名重伤员一直处于严重昏迷状态,第二天一早被送往师部医院;司机的右眼因中毒过重而失明,他在重伤情况下开车把大家安全地送到了团部医院,兵团司令部给他记了二等功;炊事员柳红被救后落下神经衰弱后遗症,把户口迁回老家天津养病。其他战士经过救治后都安然无恙地返回了连队。

伤势最重的小胡死里逃生,他说自己留下了"恐蝎症",大家都以为他在开玩笑。二十多年后,小胡成了一个大机关的副处长,一次赴宴,一盘菜端上来,胡处长低头一看,突然惊叫一声昏倒在地,顿时口吐白沫、不省人事,原来那是一盘"油爆全蝎"……

(吕炯华)
(题图:张恩卫)

生死速滑

加拿大有个约克镇,由于地处极寒,几乎终年与冰雪为伴。这里的人不分男女老少,个个都酷爱冰雪运动。

镇上有个叫布莱恩的少年,今年十六岁,别看他年纪小,却已经有七八年的滑冰经验了。这天黄昏,布莱恩见父亲回来了,便迫不及待地换上冰鞋,说要同父亲进行一场速滑比赛。一旁的母亲笑着说:"布莱恩,你爸爸可是蝉联几届的速滑大赛冠军呀!而且,你向他挑战过十多次,却都输了。"

布莱恩仰起了头,说:"男子汉是不会害怕失败的。何况,我今天有十足的把握会赢爸爸!"

父亲赞许地看了儿子一眼,心想:这孩子跟自己年轻时一样,有股永不服输的劲儿。他的直道速度是不错,但弯道技术却有所欠缺,又不肯下苦功去练,他拿什么来赢得比赛呢?

布莱恩见父亲不信,便加重了语气,说:"反正我今天一定会赢,你敢不敢跟我打赌?要是你输了的话,就送我一辆摩托雪橇,作为我两个月后的生日礼物。"

父亲笑了,布莱恩吵着要买摩托雪橇好久了,自己一直不肯给他买。没想到,这小子居然打起了这个主意。父亲当即和布莱恩击掌为誓,并约定若自己输了,就给他买摩托雪橇;而赢了呢,则要他好好练上两个月的弯道技术。击掌过后,布莱恩跟母亲道了别,和父亲穿上冰鞋出发了。

离约克镇不远的地方,有一条宽阔的冰河一路蜿蜒从小镇穿过,父子俩决定就在这里比赛,逆流而上,往山里滑去。布莱恩一马当先冲在前面,父亲笑了笑,不紧不慢地跟在后面。这时,太阳已经落山了,父子俩都铆足了劲,在山林里风驰电掣般滑了起来。

一阵你追我赶之后,前面突然出现一个弯道,滑在前头的布莱恩下意识放慢了速度,不想他稍一减速,父亲已经追了上来,"嗖"的一下一越而过。接下来,尽管布莱恩奋力追赶,但父亲不再给他任何的机会。又滑了许久,月亮升上来了,父亲看时间不早了,便放慢脚步,对布莱恩说:"你输了,我们回去吧,明天起跟我好好练习弯道技术。"

布莱恩却大声说:"谁说我输了?我没有输!"话音刚落,他趁着父亲分神的刹那,"嗖"地超了过去,脚步一拐,滑上了一条狭窄的冰溪!

父亲惊慌失色大叫道:"回来,快回来!"但布莱恩充耳不闻,已经越滑越远了。父亲忙跟了上去,要知道,山林深处可是危机四伏的。这条冰溪越往里滑,越是窄小,到后来几乎只容一个人通过,而布莱恩已经抢得先机,父亲根本就没有超越他的余地。

布莱恩哈哈大笑:"怎么样?我说过今天一定会赢你的,爸爸,你就准备回去给我买摩托雪橇吧!"他边笑边继续向前滑行。

突然,不远处传来一阵阵拖长声音的干嚎,那嚎声划过夜空,让人不禁毛骨悚然。是狼!最凶残不过的雪狼!不知什么时候,他们已经陷入狼群的重重包围之中了!

布莱恩惊叫着停住了脚步,他害怕得脸色苍白,全身瑟瑟发抖。这时,父亲已经赶了上来,布莱恩颤抖着声音说:"爸爸,对不起,我只是想赢得一辆摩托雪橇……"

父亲一把抱住儿子,低声安慰着他。看着父亲坚定的目光,布莱恩也渐渐平复了情绪。就在这时,狼嚎声突然戛然而止,四周一片寂静,父亲却不由自主地紧张起来:暴风雨来临前的寂静是最可怕的,这是狼群即将发起进攻的前奏,很快它们就会猛扑过来!

父亲握紧儿子的手,低声说道:"布莱恩,现在我们必须再赛一场,你的对手不是我,而是雪狼。这是一场生与死的赛跑,冠军奖品就是我们的生命。来吧,给自己点信心……"布莱恩郑重地点了点头。当下,布莱恩在前,父亲在后,两人飞快地转身回滑。

雪狼很快反应过来,纷纷嚎叫着从树林里奔出,沿着冰溪拼命追赶。幸好父子俩顺利滑出了冰溪,重新回到宽阔的冰河上。可是,他们的滑行速度快了,雪狼的奔跑速度也快了,很快追到了身后,落在后面的布莱恩甚至感觉到了狼的呼吸声。这时,父亲放慢了脚步,大声道:"和雪狼赛跑,直道是滑不过它们的,我喊'一二三',我们一起转弯!"

"一、二、三……"话音刚落,父子俩一起弯腰弓背,冰刀"刷"的一声,在冰面上滑过优美的弧线。身后的狼群料不到这一变化,一下子收不住脚,纷纷跌倒。等它们重新站起来时,父子俩已经赢得了宝贵的时间。然而不幸的是,布莱恩在转弯时收脚不稳,重重地摔在了冰面上,尽管他很快就站了起来,但一只脚已经崴伤了!

雪狼"嚯"地又追了上来,布莱恩绝望地闭上了眼睛。这时,父亲突然冲上前,将儿子用力往前一推,然后站在原地,大声喊道:"布莱恩,不要管我,快走……要知道,今天你输就输在弯道上呀!记住爸爸的一句话,回去一定要把弯道技术练好……"

很快,雪狼的咆哮撕咬声淹没了父亲的喊声,布莱恩流着泪,强忍着脚上的疼痛,拼命向前滑去。没有狼再来追赶布莱恩,他一路平安地回到家中。

一晃两个月过去了,这天是布莱恩的生日。他一早起床,门外突然传来叫门声,开门一看,是送货公司的人,他们运来了一个大大的箱子,还有一封写给布莱恩的信。一看信封上的字,布莱恩的心不由得狂跳起来:这字体他太熟悉了,正是父亲的!

布莱恩迫不及待地撕开信封,看了起来,上面写着:布莱恩,我的儿子,爸爸不答应给你买摩托雪橇,不是因为吝啬,而是想送你一个惊喜呀。你的生日就快到了,那天你将收到一直以来梦寐以求的礼物——摩托雪橇。只是在这之前,你该听爸爸的话,好好把自己的弯道技术练一练了。儿子,你要知道,速滑赛场上没有永远的直道……

信的下方,署的日期是10月11日。布莱恩记得很清楚,这正是自己第一次向父亲提出要买摩托雪橇的那天。他放下信,打开大箱子,一辆漂亮的红色摩托雪橇立刻出现在面前。

布莱恩顿时泪流满面,他进屋拿了把电锯放在车上,然后启动摩托雪橇。母亲听见动静,连忙赶了出来,问道:"布莱恩,你去哪儿?"布莱恩说:"给自己准备生日礼物。"母亲不放心,也跟着上了雪橇。

布莱恩一拧油门,摩托雪橇轰鸣着奔跑在冰河上。也不知跑了多久,他停下雪橇,开响电锯,在冰河上破起冰来。母亲一看,松了口气,原来按照约克镇的习俗,过生日是得吃鱼的,布莱恩是破冰捉鱼来了。只见他把冰面破开一个两米见方的大口子,蓝莹莹的河水露了出来,布莱恩放下渔网,打上几条又肥又大的鱼来,交给母亲拎着。然后,两人又坐上雪橇回家了。

晚上,吃过鱼,吹灭生日蜡烛,布莱恩早早睡下了。母亲很快也回房间睡觉了。布莱恩躺在床上仔细听着隔壁的动静,在确定母亲已经熟睡后,他蹑手蹑脚地起了床,穿上冰鞋,偷偷溜出了家门。

这时,虽是夜晚,但月光很亮,照得四周的景物清晰可见。布莱恩驾驶雪橇沿着冰河飞速滑行,来到那个熟悉的冰溪口,他毫不犹豫地滑了进去,边滑边从怀里掏出一袋液体,往雪地里撒了一半,剩下的一半倒在自己的身上。顿时,一股浓烈的血腥味飘散开来,那是新鲜的动物血液!没多久,四周就响起此起彼伏的狼嚎声,一阵阵轻微的脚步声朝这个方向围了过来。布莱恩仰天大叫一声,回转身,向冰溪口滑去。狼群为血腥味所吸引,纷纷嚎叫着追了上来。

很快,布莱恩又回到了宽阔的冰河,滑行的速度更快了,而雪狼也拼了命似的追赶。左躲右闪中,雪狼又一次追近了身,尖利的狼爪眼看就要搭上来。就在这紧急关头,布莱恩突然弯腰收腹,一个急转向,雪狼收不住脚,纷纷摔倒在冰面上,在巨大的惯性下向前滑行。可这次它们再也站不起来了,前面是一个两米见方的大冰洞,就像张开了的血盆大口,等着雪狼一个个往下跌。厚厚的冰层如同一道无法逾越的高墙,无论雪狼怎么挣扎,都无法爬上来……

看着在水中挣扎的雪狼,布莱恩哭了。这两个月来,他苦练弯道技术,终于为父亲报了仇,也为自己送上了最特别的生日礼物。布莱恩抬起头,冲着莽莽山林大喊道:"爸爸,我赢了雪狼啊……"

此刻,远处传来呼呼的风声,就像父亲的回答,布莱恩又一次泪流满面……

(谢庆浩)
(题图:佐　夫)

给太守当厨师

早年间,安平庄有个叫福庆的,能烧一手的好菜,在当地很有点名气,可后来却到处找不到厨师的活儿。为啥?那些年战乱连连,民不聊生,一般人家饭都吃不饱,哪里还会聘厨师呢?福庆眼看妻儿、老母跟着自己遭罪,想死的心都有了。

正绝望的时候,没想这一天,知县柳大人忽然传见福庆,说:"听说你一家人现在生活困难,我心里真不是滋味儿。亲不亲,同乡人嘛!这样吧,我给你引荐一下,你去太守府做厨子,这样不就有着落了?"

福庆一听吓得半死:堂堂知县,怎么忽然和自己认起同乡来了?再说,那是去太守府,人家能看得上我吗?

谁知,柳知县好像猜透他心思似的,哈哈一笑,说:"福庆,不瞒你说,就是太守大人让我给他找厨子的。你放心,我看中的人,他不会不乐意。不过,你得答应我一件事,去了之后,除了做厨子,你得随时替我留心太守一家人的举动,大到婚丧嫁娶,小到头疼脑热,一有动静,立刻向我禀报。"

福庆这才明白,原来柳知县是要自己帮他做事。可是柳知县为何要这么详细地打探太守家的事?福庆实在猜不透,但想想从此能让家人吃上饱饭,就应了下来。

时间过得飞快,一晃福庆进太守府已经一个多月了,他尽心尽职地做他的厨子,太守果然对他十分满意。只是这些天,他一条有用的信儿也没传给柳知县过,总觉得自己有点对不住人家。

这天,福庆正在忙活,太守府的管家来吩咐他道:"明儿是太守的五十大寿,本应好好替大人操办,可如今边关战事吃紧,朝廷严令百官诸事不得过于铺陈,你就花点心思烧一桌好菜,让太守自家人乐呵乐呵。"福庆嘴上答应着,心里不免窃喜:终于得着事儿可以去向柳知县交差了。县衙离太守府不远,福庆当晚就偷着去了一趟,柳知县自然把他好一顿夸奖。

第二天,太守一大家子高高兴兴围坐一桌,夫人率家人正要给太守拜寿,忽然有下人进来禀报说柳知县求见。福庆心里奇怪:我明明告诉过柳知县,太守做寿不请宾客,他来干什么?

只见柳知县快步进来,后面还跟着一个衙役。柳知县毕恭毕敬对太守说:"下官求见大人,是有紧急公务禀报,没想来得不是时候,打扰大人进餐了，万请大人恕罪！"太守朝他摆摆手，半开玩笑地说："你们这些人啊，整天就知道公务，连吃口饭都不让我安生！"说着，就起身引柳知县去了书房。

说来也巧，太守和家人的这顿寿宴，就此吃得断断续续起来。因为不时有下属官员来禀报公务，送走一个，又来一个。福庆纳闷极了：怎么会有那么多公务偏偏要赶时赶刻来禀报？倒是太守自己不厌其烦，对每个求见者都笑脸相迎。

福庆继续在太守府上效劳，时间长了，府上自然琐事不少：太守本人因偶感风寒引发微热啦，太守的小妾喜得贵子啦，甚至太守夫人看上某件貂皮大衣啦，等等。这样，福庆就时不时地有事儿可以去向柳知县交差了。而且福庆发现，柳知县总会在他交差以后，马上就来府上向太守禀报公务，别的下属官员也会相继跟着来。这些人来时，身后都跟着当差的，怀里塞得鼓鼓囊囊。福庆看在眼里，觉得很奇怪：莫非太守背着朝廷，私下收受贿赂？

这天，是太守父亲的忌日，福庆两天前就给柳知县传过消息了。太守本打算关起门来给父亲做忌日，可柳知县又照例来了，而且这回他前脚刚进，后脚就来了个肥头大耳的官员。柳知县回头一看："这不是朱知县朱大人吗？"那人惊异道："你是柳大人？"两人于是寒暄作揖，客气得不得了。转过身，柳知县把福庆叫到一旁，沉着脸问道："今天这日子，那家伙怎么知道的？"福庆也很纳闷："大人，这朱知县腿脚勤快得很，以往你每次来太守府，他总是前脚赶后脚地到，没落下过一次。我还以为，是你们事先说好的哩！"柳知县一听，脸色气得铁青："我说福庆，从今往后你把耳朵给我伸长点，太守府再有什么事，不管大小，一定要早早禀报。哼，我就不信争不过他！"

柳知县气哼哼地走后，福庆发了好一阵呆：什么事情，能让两个知县这么费尽心思地争？福庆忽然觉得太守府里的水太深，一股寒气不由从骨头缝里直冒出来。

时隔不久，福庆得知太守四公子十周岁生日要到了。他想了好久，拿不定主意到底要不要去向柳知县禀报。福庆不想让自己陷进太守府的深水里，可想到一家老小的生计，最后还是硬着头皮，把消息告诉了柳知县。

没想到，正式给四公子做生日这天，先到太守府的竟是那肥胖的朱知县，身后还跟着两个衙役，"哼哧哼哧"地把一只红漆箱子抬进了府门。而后又来了好多官员，这些人没有一个是空着手来的。至于柳知县，这回是最后一个来，不过这次他动静大了，带着四个衙役，抬着两只箱子，看上去沉重无比。

这之后没几天，柳知县就升任到一个富庶大县去做知县了。望着柳知县心满意足的样子，福庆终于明白柳知县和朱知县争的是什么了，也看清楚了自己给柳知县帮的是什么忙。

在经历了数夜辗转反侧之后，这天，福庆终于鼓起勇气去见柳知县，说："大人，我思来想去，太守大人总有一天会知道我是你的眼线。我怕以后不得安生，所以想辞行不干了，请大人恩准。"

柳知县一听，笑道："福庆，你可真是愚笨到家了！我跟你实话实说吧，实际上，太守大人对你的身份一清二楚，他是故意让我这么做的。否则你想，厨子哪里没有，干吗要我帮他找？至于那个姓朱的是怎么得到消息的，我也打听过了。太守大人的一个贴身侍女，正是那姓朱的侄女，同你一样，她也是个眼线。嘿嘿，这家伙真舍得下本钱啊！由此想来，太守府上的那些花匠、仆人、轿夫等等，说不准也是哪一个的眼线哩！

至于太守大人为什么让我们在他身边安插眼线,这你就自个儿想去吧!"

福庆一听越发急了:"大人,我大字不识一个,官场上的事我真的不懂!我老母多病需要赡养,妻儿弱小需要陪伴,所以,还是恳请大人恩准我回家。"柳知县打量了福庆一眼,冷冷地说道:"你如此决绝要回家,不会单就为这个吧?"

福庆迟疑了一下,壮起胆子说:"大人,我、我一家如今虽说有了温饱,可做这样的事,我心里一直备受煎熬……大人,你就让我走吧!"

福庆说完,转身要走,柳知县叫住了他:"好,既然你不想干,我也不留你,但走无妨。不过,你知道的事情太多!"福庆心里"咯噔"一下,立刻听出了柳知县的话外之音,他颤声说:"柳大人,你、你……"

柳知县冷笑道:"你帮了我的大忙,我该好好谢你才是啊!"他朝两边衙役一招手,"来人,给我的同乡上杯好酒!"酒端上来了,柳知县双手举杯,道,"福庆,我敬你一杯,你就把它喝了吧!"

福庆顿时眼泪直流:"大人,小民命似草贱,毫不足惜,可家里老母、妻儿真的离不开小人啊!大人,我这就让你放心!"说完,他掏出一把锋利的小刀,左手拽舌,右手狠命一割。

随着一声惨叫,福庆满口流血,倒在地上,两眼却直直地瞪着柳知县。柳知县被这惨烈的一幕惊呆了,半响,才挥挥手说:"这酒不喝也罢,你走吧!"

望着福庆踉踉跄跄走出大堂的背影,柳知县手一挥,那杯酒洒在地上,立刻腾起一股碧绿的火苗……

(徐树建)
(题图:黄全昌)

警察的妻子

凌晨两点多钟,侦探萨姆家的电话铃突然响起。萨姆接过电话一听,睡意顿消,脸色也变得沉重起来。

萨姆的妻子莉拉早被电话铃吵醒了,见萨姆久久不言语,心中有些惊恐,轻声问:"深更半夜的,是谁打来电话?"

萨姆考虑了一下,还是把事情如实说了出来:"亲爱的,别紧张,那个叫波尔的犯人从监狱农场逃跑了。"

一股寒意从莉拉的脊梁升起,三年多来缠绕在脑中的恐惧,突然间放大了许多倍,她又想起那个人,那双凶狠的眼睛……

那个人叫波尔,是一家银行的职员,他与人策划,抢劫银行,掠走了巨额现款。后来这桩案子就由萨姆负责。萨姆经过不懈努力,终于掌握了波尔的全部犯罪证据。在逮捕令下达后,萨姆带着三个警官去波尔家,想不到那个胖胖的文雅的银行职员竟随身带着枪,并且开枪拒捕。枪战中,波尔的新婚妻子被流弹打死,当然波尔也落网了。

莉拉也参加了法院对波尔的公审。她清楚地记得波尔痛失爱妻后那极度悲哀的眼睛,当时,波尔目不转睛地盯着自己,那目光到现在莉拉还记忆犹新。

莉拉想到这里,觉得有必要提醒一下丈夫:"我觉得他是一个非常非常危险的家伙,他曾说过是你杀害了他的妻子。"作为一个警察,萨姆当然知道这件事的严重性,但为了不让妻子担惊受怕,所以他还是装着轻松的样子,解释道:"我负责他的案子,逮捕他,审讯了他,因此,他自然要怪罪于我,这没有什么大不了的。"

"不,不,他还说过,一定要用我来祭他的妻子。"

萨姆尽量把话说得随和,脸上还堆起笑容:"放心吧,许多罪犯都会说'报仇'之类的话,但波尔根本没有机会向我开枪,你想想,尽管他逃出了监狱,但他身穿囚衣,没钱,没车,没枪,况且全州的警察都行动起来了,他能逃到哪里去?"

莉拉长叹一声,咕哝道:"这样的担惊受怕还要多久?当警察的妻子,真是一种折磨啊……"

第二天一早,门铃响了,莉拉惊得从床上跃起,萨姆赶紧抢上几步,打开了房门。进来的是两位身穿制服的警察,他们都是萨姆的老搭档,奉命来保护萨姆的住所。

莉拉在厨房里等着丈夫,一见面就问:"他们为什么要到这儿来?萨姆,请不要再欺骗我了!"

"好吧。"萨姆稍稍沉思了一下,把有力的双手搭在妻子肩上,严肃地说,"如果波尔能逃过所有的关卡,他就有可能会上我们家来,尽管可能性很小,但你要有思想准备。"

莉拉掂得出丈夫话中的分量,但她别无选择,为了他人妻儿老小的幸福,警察的妻子只能做出这样的牺牲。

此刻,警察总局大楼里,悬赏通缉波尔的相片已经挂在墙上,警察们进进出出,连联邦调查局也派人来了。萨姆走进办公室时,探长正在介绍情况:波尔在监狱中已被关了三年,由于是初犯,而且表现较好,有提前释放的机会,但他复仇心切,不惜杀死了一名卫兵而越狱,唯一可能的动机就是向萨姆复仇。据波尔同牢房的犯人说,波尔一直沉默寡言,嘴里只是反反复复地唠叨着,要杀死萨姆的妻子,让他也尝尝失去妻子的滋味。

探长的介绍还没结束,电话铃响了,有人报告,波尔已经潜入蒂尔顿镇,并且在一家仓库里偷了一支枪和一盒子弹。

一小时后,又有消息传来,波尔拦路抢劫了一位上班的人,剥了他的衣服,开走了他的汽车,更可怕的是这辆汽车在市中心被发现了,这里距萨姆家只有一小段路。

严峻的事实摆在大家面前:波尔有许多可以逃跑的线路,他都放弃了,而直奔萨姆这里,可见他要杀死莉拉的决心有多大。怎么办? 萨姆经过反复考虑,提出了自己的见解:"既然波尔把枪口对准了莉拉,不妨将我们家作为诱饵,并且在电台上发表假消息,说克雷特劳山区发现了波尔,所有警察都去那儿搜山,这样波尔就会中计来我家。当然,必须把莉拉转移出去,这种场面,对女人来说刺激太深了。"

警官们经过讨论,同意了萨姆的方案,探长主动提议将莉拉送到他家,他的妻子玛丽会照顾她的。

萨姆很快赶往家中,把莉拉转移出来。萨姆开着汽车,一边警惕地注视着周围,一边斟字酌句地告诉她事情的缘由,但没有说波尔要她的命。莉拉紧绷着脸,一声不吭地坐在丈夫身边,其实她心里比谁都清楚。

到了探长家,萨姆把妻子交给了玛丽,玛丽是他们的老朋友了,自然非常热情地招待,但莉拉依然是忧心忡忡,见萨姆寒暄一阵准备告辞,她忍不住喊道:"萨姆,现在你去哪?"

"回家去,"萨姆只得回身解释道,"我们给波尔设置了一个圈套,在我们家周围埋伏了一队警察,如果一切顺利的话,波尔很快会束手就擒。"

丈夫的解释,使莉拉的脸变得更苍白:"是的,这是高尚的行为,但是萨姆,你不觉得也应该对我负责吗?外边有危险,你不应该离开这里!"

萨姆双手一摊,耸耸肩膀,耐心地劝道:"不,我不能留在这里陪你,所有的警察为了捕获波尔,都冒着危险在工作。再说他绝对跑不了。"

"你以前也是说他跑不了,没有危险,你老是对我撒谎。你再说呀,没有危险!"莉拉口气越来越硬。

"我不想撒谎,当然会有危险。"萨姆无可奈何地实话实说。

莉拉禁不住双手捂住脸,有些歇斯底里地喊叫起来:"我实在受不了了,萨姆,我爱你,你每一次出门我都提心吊胆,我真的坚持不住了,坚持不住了……"

玛丽赶紧过来,好说歹说,才把莉拉劝住,趁这机会,萨姆离开了探长家。

晚上八点,外面开始下起雨来,萨姆在家中的起居室等着波尔的到来。他把家中所有的灯都打开，窗帘也拉开了。此刻，暗藏在椅子边的警用报话机不断地向他报告着最新情况。

"第三十五街出现一个胖胖的中年妇女，她手里拿着伞。"萨姆摊开膝盖上的杂志，并没把这个消息当回事。萨姆知道，不管什么人，只要和波尔有一点相像，在他踏上台阶之前，都会有十二支枪瞄准他，对面的一幢楼里还配备了一架探照灯和两名特警，探长坐镇在那里指挥。

忽然，报话机中传来探长焦急的呼叫声："萨姆，不好了，我们把莉拉弄丢了。"

"什么？"萨姆大脑"轰"地一声，几乎失去知觉，他焦急地问，"怎么会丢的？"

"都怪玛丽，她见莉拉不住地埋怨你，觉得你太冤枉了，就把真相告诉了莉拉。莉拉弄清波尔要杀她，而你为了保护她而冒险后，便不辞而别了。"

"她离开多久了？"

"大概半小时吧。她会上哪儿去呢？"

萨姆的声音沙哑了，他感到浑身在发抖："她一会儿就要回家，她是我妻子，我了解警察的妻子。"

果然知妻莫如夫，莉拉已经搭上了回家的公共汽车，她不能眼睁睁地看着丈夫替自己冒险，她要帮丈夫挑一半重担。汽车到了一个车站，上来一男一女，莉拉感到自己的心在怦怦乱跳。这个男人又矮又胖，穿着一件湿透的雨衣，他把车钱丢进箱子，然后转过身来。莉拉紧张得透不过气来，啊，还好，那人不是波尔，莉拉终于松了口气。

公共汽车缓缓地行驶着，离家越来越近了。莉拉又感到透不过气来，她脑海里不停地想着波尔那张胖胖的脸，还有那双布满泪水的眼睛……

汽车到站了,莉拉下了车,这里离自己家还有四个街区,是一条长长的林阴路,两旁有很多大树。莉拉总觉得波尔就藏在大树后面,但她还是勇敢地朝前走。又走过一个街区,莉拉看到篱笆墙旁站着一个又矮又胖的女人,由于路灯很亮,莉拉可以清楚地看到,那人的脸大部分被竖起的皮领子遮住了,头上还戴着一顶有点不相称的宽边帽。莉拉警觉起来,又朝那人走近一些,天啊,她看到了波尔的眼睛。

莉拉忍住惊慌,仍然不紧不慢地照直走下去。凭感觉,波尔跟了上来,脚步既不快,也不慢。莉拉不由得一阵寒颤,仿佛一把尖刀就要刺来,或者是一颗子弹……然而什么也没发生。这是怎么回事?

突然,莉拉醒悟过来:毕竟三年多过去了,自己多少也变了样,波尔还不敢肯定自己就是萨姆的妻子,他在等待。只要自己一踏上家门的小路,波尔就会开枪。

家里的灯大亮着,莉拉在紧张地思索着。怎么办? 一直走下去,不要拐弯,那就什么危险都没有了,可是波尔出人意料地扮成了一个女人,万一埋伏的警察一时疏忽,让波尔走近窗口,萨姆就会有生命危险,她仿佛听到了清脆的枪声……

离自己家门口的小路越来越近,莉拉身子摇晃了一下,几乎要摔一跤,她拖着僵硬的双腿,有些蹒跚地走过自家门前,后面的脚步声停了。莉拉再也无法朝前挪动了,也不知哪里来的勇气,她突然弯下身子,尖声叫喊着向自己的家冲去。

随着一声震耳欲聋的枪响,莉拉倒了下去。

跟在莉拉后面的确实就是波尔,他见跟踪的目标突然折回身叫喊着跑向萨姆家,不由大吃一惊,拔出手枪,匆忙开了一枪,没有射中,他又举起枪,可是一切都晚了,这一枪他永远射不出去了。

萨姆跳出窗口,先开了一枪,他没有打偏,其他人也都击中了目标。来福枪、左轮枪、机关枪的声响划破了夜空,波尔在倒地之前就死了。

萨姆对地上的波尔并不感兴趣,他转身奔过去抱起妻子,一口气冲进房间。

莉拉醒了,她很高兴,自己终于成了丈夫所需要的勇敢的妻子!

(改写:周 东)
(题图:张恩卫)

送礼送鹅毛

清朝年间,邓州有个吹糖人的小贩叫林范,他四处讨生活,流落到洛阳一带。这天他在街上吹糖人,忽然听到一个熟悉的乡音:"小范子!"

他抬头一看,不禁又惊又喜:这人是邻村的吕永。只见吕永身穿绸衫,脚蹬锦鞋,像个有钱人。林范不禁想:这吕永原本只是一个钉锅补锅的手艺人,怎么突然间就发达了?

两人难得在他乡遇到,吕永热情地邀请林范去了一家酒馆吃饭。吃得正高兴,林范问起吕永怎么发的财,吕永说:"咱们邓州有个老乡,叫高震环的,在这里当大官了,听说是知府,我找他卖绸缎。"

原来找到靠山了！林范暗自感慨，对吕永说："永哥，你能不能给我引荐一下，我……我也想找他。"

吕永犹豫了片刻，说道："这样吧，我给你指指路，你自己去见高大人。只要讲明你是邓州人，再带点儿礼，他一定会帮忙的。"

饭后，两人作别，林范就带上积攒的十两银子去知府衙门拜会高震环。到了衙门，见过门房，他递上帖子，言明是高知府老家的人。

那门房接过帖子转身去了里边，很快传话回来："老爷说了，不见。"

不见？林范大吃一惊，心想：他都见吕永了，为啥不见我？难道我带的礼太少了吗？林范说道："我是大人的家乡人，烦请再通报一下。"

门房说："老爷都说不见了！你回去吧！"林范又失望又疑惑：吕永又是通过什么门路见到高震环的？

三个月后，林范又去见吕永，把自己送礼碰壁的事讲了出来，最后说道："我都说了是家乡人，还带了礼，他怎么就不见呢？"

吕永说："高大人清正廉洁，听说是家乡人求见，难免要避嫌。"

林范反问道："那他怎么见你？难不成是嫌我礼送少了？"

吕永一听，又笑了，说道："实话告诉你，我可连一个铜板都没送。俗话说'千里送鹅毛，礼轻情义重'，我只是给他送了一根鹅毛而已。"

林范半信半疑地说："鹅毛？真的是送了一根鹅毛？为什么呀？"

吕永说："我也不知道。我爹临死前，说高震环在洛阳这里做了大官儿，要我来投奔他。并说如果他不愿帮忙，可以送他一根鹅毛。我想高震环一定是重情义甚于金银。"

听罢吕永此番说辞，林范心里有谱了。等了几天，他又去衙门拜会高震环，在拜帖上写明是老家邓州人，并且附上了一根鹅毛。

那高震环果然是重情义之人，这次竟然亲自来迎接林范了。

进了客厅，高震环命人倒茶，问道："你哪里人啊？"林范答道："林家村的。""哦！"高震环点了点头说，"我们是高楼的，离林家村并不远。"

就这样，两人谈了很多家乡的事，让林范暗喜的是，高震环在他这个老乡面前没有一点儿官架子，非常随和。最后，林范直言，吹糖人赚钱少，并且人生地不熟，希望能够贩点玉器，请高大人多多帮忙。

高震环沉吟道："我们为官的，应该上对得起天子，下对得起百姓，要是帮你了，那就是徇私……"

林范说："我是做正当生意的，你是大官儿，只要让手下人多照顾我的生意就可以了，反正这个钱分摊到每个人身上不会太多。"

"让我想想……"高震环又低头深思，良久，好像下了决心，"好，谁让我们是老乡呢，我就帮帮你。"

闻听此言，林范起身欣然告辞，高震环却拦住了他，说道："别慌，明天我要在郊外的高凤山庄宴请咱们邓州老乡，到时你可一定要来。"

看看，人家答应帮忙，还要请自己，这份深情厚意多难得！林范欢喜地问："咱们有多少邓州老乡？"高震环笑了，说道："不多，十七位。"林范听了，一阵感慨。

回去后，林范越想越高兴，晚上就美美地喝了一顿，喝得晕晕乎乎的，竟然一觉睡过了头。眼看要失约了，林范赶紧一路小跑，朝十几里外的高凤山庄赶去。

高凤山庄是高大人在郊外置办的一座庄院，门楼高耸，林范老远就看到了，可是他却猛然一惊，只见高凤山庄上空火舌飞腾，浓烟滚滚，阵阵人喊马嘶之声如狂涛一般传了过来。"这是怎么回事，怎么着火了？"林范喃喃自语。

附近的人见山庄着了火，都赶着来救火，可大火熊熊，岂是几盆几桶的水就能浇灭的？无奈，他们只能眼睁睁地望着山庄在大火中一点点坍塌。

林范吓傻了。突然，火光中窜出一个身影："小范子……"

林范一惊，急忙叫道："永哥！"

这个从火光中窜出来的人正是吕永，吕永逃出来后立即扑倒在地上，左右翻滚，林范也赶紧脱下自己的衣衫帮他扑灭身上的火。很快，吕永身上的火熄灭了，但他的脸上却黑乎乎的。

林范着急地问："怎么了？"

吕永扭头看看四周，满脸恐惧地说："快跑，快扶我跑！"

两人朝无人的远处跑去，身后，熊熊大火吞噬着周围的一切……闻讯赶来的高大人似乎正在指挥众人救火。

吕永见后面无人追赶，这才让林范停下来："停下……停下……"说罢直喘粗气。

林范焦急地问："这到底是怎么了？"吕永又回头朝高风山庄的方向望去，恶狠狠地说道："他……他真是人面兽心！"

林范一惊，问："谁？"

"高震环！"

"他？"林范疑惑了，心想他不是热心帮老乡，是个重情义的人吗？

吕永喘口气说："我才知道……他把所有给他送过鹅毛的人都请进山庄，说……说好是请老乡，其……其实是想杀人灭口……"

"杀什么人，灭什么口？"林范更加奇怪。

吕永惨然一笑，说道："杀我们这些给他送鹅毛的人……"

"给他送鹅毛的人？那不是也包括我？"林范甚是不解。

吕永说："不错……"接着就讲出了一件很可怕的事：高震环在邓

州老家时只是一个穷酸书生,屡试不第,后来连进京赶考的盘缠都没有。无奈之下在三年前的一个晚上,他伙同自己的几个表兄弟扮作蒙面土匪,烧杀抢掠了附近的几个村子,吕永家的吕庄和林范家的林家村都在其中,随后他就捐了一个知府在此做官。可是他扮土匪的事情被吕永他爹和几个邻居知道了。因为高震环他们烧杀抢掠时曾经头插鹅毛,扮作鹅毛帮,以掩人耳目,吕永他爹知道高震环在洛阳一带做了大官儿,就命儿子前来投奔他,说如果他不愿帮忙,就送以鹅毛。

"此举并非是'千里送鹅毛'之意,而是暗含威胁:如果不肯帮忙,就要告发他。我以前不知道此中秘密,就让你和其他老乡都给高震环送鹅毛,唉……那高震环见前来送鹅毛的人越来越多,愈发不安,便起了杀心。"

林范感慨,幸亏自己昨晚喝醉了酒,睡过了头,否则只怕也要在山庄丧命了。

后来,林范和吕永去巡抚处告状,那巡抚经过查证,将高震环革职查办了。之后,吕永继续钉祸补锅,林范还吹他的糖人,他们都感叹以后做人不可太贪心……

(天宗健)
(题图:谢 颖)

凶杀与爱情

乔治和贝蒂是同学,贝蒂美丽可爱,乔治非常喜欢她。他曾经鼓足勇气请贝蒂出去玩,但当时被她一口拒绝了,这件事让乔治受到了很大的打击,从此对她敬而远之。

大学毕业那年的夏天,乔治通过了会计师资格考试,并且获得了去波士顿工作的机会。动身之前,他决定去斯普鲁斯海滩父母的别墅住上几天,那里是避暑胜地,一到夏天就有很多人在那里消暑。

让乔治意想不到的是,他竟然在斯普鲁斯海滩遇见了贝蒂。贝蒂一改在学校里的疏远,像老朋友一样跟他打招呼。贝蒂和母亲来海边玩,住在美洲豹旅馆,因为她在斯普鲁斯没有熟人,又不是那种自来熟的人,所以她非常高兴在这里遇上了乔治。他们很快就天天在一起了，一起游泳，一起沿着海边散步，一起在当地酒吧喝酒，或者就坐在乔治父母房子的大阳台上喝柠檬汁。

乔治发现他真的很喜欢贝蒂，从过去到现在，从没有改变过，可却怎么也开不了口。一天晚上，乔治壮起胆子，给了贝蒂暗示，可她却很巧妙地拒绝了："我很喜欢你，乔治。但我还不想定下来，现在还不想。"听了贝蒂的话，乔治很伤心，但想想眼前快乐的时光，他又劝自己别多想了，顺其自然吧。

时间过得真快，不知不觉，十多天便匆匆过去了，留给他们的时间就只有一个晚上，第二天乔治就要去波士顿工作了。尽管那天晚上风雨交加，海浪很大，乔治还是约了贝蒂去偏僻无人的飓风角，希望能和她独处。

他们沿着海滩往飓风角走去，海边漆黑一片，连路都看不清楚。但当他们到达时，雨突然停了，月亮从云层后面钻了出来。浪花仍然冲击着岩石，但海面上已经很平静了。

他们把雨衣铺在岩石下的避风处，背靠背坐了下来，乔治准备进行最后一次努力，说服贝蒂接受他的爱。但是，像往常一样，他不知道怎么开口。就在这时，他看到一个小伙子沿着海边走来，双手插在口袋里，吹着口哨，戴着一顶帽子，穿着一件皮夹克，一副趾高气扬的样子，还不停地四处张望。他这副样子让乔治感到一丝危险，但看上去他还没有发现岩石下的乔治和贝蒂。

好在，那人在不远处的一块岩石边上停了下来。乔治瞥了贝蒂一眼，她屈着双膝，双手抱着脚踝，正静静地凝视着海面的浪花，显然，她没有看到那个人。

乔治有些心神不定，想离开这个地方，又怕被发现。正在这时候，海滩上又出现了一个男人，中等个子，胖胖的，显然喝醉了酒。他摇摇晃晃地走过来，走几步停下来挺一下身子，然后继续跌跌撞撞地向前走。胖男人显然没看到岩石后面的小伙子，当他走近岩石，小伙子突然跳出来猛地扑向胖男人，乔治看到小伙子手中有金属的闪光，可能是刀，也可能是手枪。不知道发生了什么，那个胖男人摇摇晃晃张开两臂迎了过去。接着乔治仿佛听到一声枪响，那个胖男人直起身，然后倒下，躺在地上一动不动。小伙子立即俯下身，翻他的口袋。乔治下意识地伸出手紧紧地抓住了贝蒂的手腕。贝蒂疼得叫了一声，转过身来。

乔治吓坏了，那个小伙子已经开了一枪，如果让他知道有人看到了眼前的这一幕，那么他会毫不犹豫地再次开枪消灭证人的。乔治全身发抖，他必须不惜一切代价让贝蒂别再出声。

乔治猛地一把抱住贝蒂，把她按倒在沙滩上，嘴巴紧紧压着她的嘴唇，以免她发出声音。毫无心理准备的贝蒂拼命挣扎，用指甲抓乔治的脸，然后使劲推他的胸口，想把他推开。乔治只得使出浑身的力气把她压得更紧。

突然，贝蒂不再挣扎了，相反地，她伸出双臂，紧紧地搂住乔治，她的嘴唇变得柔和、顺从。乔治脑子里一片空白，失去了时间概念，也许他们在那里躺了有一分钟，也许半小时，他无法确定。最后，当他抬起头，向海滩那边望去时，海滩已恢复了原先的平静，好像什么也没发生过，乔治甚至怀疑自己刚才产生了幻觉。

"贝蒂，对不起，我并不想伤害你，"乔治十分内疚地说，"可刚才我……"

"亲爱的，你不必解释了，我知道你想说，你是那么疯狂地爱我，疯狂到不能控制自己，对吗?"贝蒂妩媚地笑着投入了他的怀抱，"乔治，我没有想到你会这么充满激情。你平常总是很冷静，这也是我拒绝你的原因，我想每个姑娘都想要一个为她发狂的男人。啊，乔治，我爱你，我现在知道了，我愿意接受你，跟你一起去波士顿。"

面对突然来临的爱情，乔治简直不敢相信，他当即决定，无论如何也不把刚才的恐怖事情告诉贝蒂。他紧紧地抱着贝蒂，仿佛稍一松手她就会跑掉了似的。第二天，贝蒂跟随乔治离开斯普鲁斯去了波士顿。不久，两人举行了婚礼，成了一对恩爱夫妻。

婚后，乔治几次想把他们在斯普鲁斯海滩最后一夜的真实情景告诉贝蒂，但想到贝蒂当时说的话，乔治总把到嘴边的话又咽了回去。

乔治独守那一夜的秘密，没有告诉任何人那次凶杀事件，可他的良心总得不到安宁，那个恐怖之夜的情景成了他的一块心病。

一年后的一天，乔治与贝蒂一起去看了一场电影。乔治惊奇地发现，电影里有一组镜头与他那晚在斯普鲁斯海滩看到的情景一模一样，也是那个海滩，他甚至看到了自己和贝蒂藏身的那块岩石!这时，乔治才恍然大悟，原来那晚的恐怖事件，只是在拍电影而已，自己当时实在太紧张了，根本没注意到远处的情况。乔治顿时感到从没有过的轻松，他在心里得意地叫道："没人知道这电影里还有两个藏在岩石后面的人，噢，是上帝把贝蒂送给我的，我可得好好爱她，不能辜负上帝的美意啊!"乔治又一次显示了自己的疯狂，在电影院里和贝蒂深情地吻了起来。

(郭立荣)

(题图：箭　中)

夜影追踪

最近,刑警队的队长老周被一桩杀人案搞得焦头烂额。

死者叫刘红,是在家中遇害的。她家住在一楼,窗外安装了防护栏,门锁没有被撬的痕迹,初步判定是熟人作案。可细细排查下来,几个嫌疑人都因没有作案时间而被排除。难道凶手真能做到天衣无缝?

这样想着,老周不知不觉又来到刘红家。刚进屋,就见一个五六岁的小男孩惊恐地跑过来,对穿着制服的老周喊道:"警察叔叔,我怕!有个坏人要抓我!"

这时,死者丈夫张大铁忙把小男孩抱到怀里,告诉老周说,儿子小虎这些天睡觉不踏实,老吵着说有人要抓他。张大铁以为小虎梦中说胡话呢,也就没当回事儿。

老周听完,心里顿时有些愧疚,他抚摸着小虎的头,用柔和的语气安慰道:"是不是做噩梦了?小虎不怕,警察叔叔保护你,好不好?"

小虎却摇摇头,一口咬定说:"不是做梦,真的有人要抓我!"

老周看了看孩子脸上的表情，不像是在撒谎，出于职业的敏感，他马上警觉起来，问："那个坏人在什么时候来抓你的？"

小虎回答得很干脆："半夜睡觉的时候。"

可当老周问起那个人的相貌特征时，小虎却支支吾吾地答不上来。

是天黑看不清楚，还是孩子小，说不明白？老周这么寻思着，不禁有些后怕起来：刘红才遇害不久，凶手还没有抓到，可不能再让人家孩子出事啊！老周思前想后，决定晚上再来一趟，探个究竟。

到了晚上，老周来了，张大铁把他带到小虎的房间。老周环顾一下四周，让小虎躺到床上，然后把灯关了。

屋里顿时黑了下来，黑暗中的氛围让人感到有些不可捉摸。老周下意识地摸了把小虎的手，发觉孩子紧张得全身都在颤抖。

就这样在黑暗里观察了一会儿，老周突然想起了什么，他拿了把手电筒径直出了屋子，然后用手电筒对着小虎屋子的窗户照来照去。

突然，小虎大叫着从屋里跑了出来，紧张地抓住老周说："那、那个坏人又来了！"张大铁也紧随其后，跟了出来，说了句："是手影子！"

老周听了，若有所悟。他让张大铁继续来回晃动手电往屋里照，自己则返回到屋内。老周发现，当手电光停留在窗户的某个位置时，一个意想不到的情况发生了，对面的墙上竟出现了一个大号的手影子！

借着手电的光线，老周上前仔细察看，这才发现，原来是窗户的玻璃贴上有个手掌印，光线照到它，屋里墙上便出现了这个手影子。

这个手掌印，一般正对着玻璃看，很难注意到，因为玻璃贴上的花纹掩饰了它的存在。而天长日久，玻璃贴落上了灰尘，这个手掌印恰好擦去玻璃贴上的部分灰尘，光线射进来时，墙上便显出手影子来，五指分明，格外清楚。

原来是这么回事，一场虚惊。

张大铁一脸尴尬，难为情地说："家里赶上这事儿，很长时间没有心思收拾屋子了。"

老周却笑着说："不，你和小虎做了件好事！"说完，他掏出手机，让技术科立派人赶来，取走了这个手掌印。

鉴定报告很快出来了，老周如同吃了定心丸：不但手掌上的指纹清晰可见，而且小拇指还短了一小截。这可是个重大发现，可以直接缩小侦破范围。

老周再次找到张大铁，让他好好想想，印象中有没有见过一个右手小拇指有残缺的人。张大铁细想了一会儿，突然猛地一拍后脑勺，说："前几年我家装修房子时，有个木匠叫马老五，右手小拇指被电锯伤过，少了一小截。"

老周马上又问："你家装修好之后换过锁没？"

张大铁有些懊悔地摇了摇头，说："当时我们嫌麻烦，而且看马老五这人也老实……"

老周听了，马上派人把马老五抓了回来。审讯室里，马老五镇定自若，好像什么事情也没发生过。老周仔细端详了一下眼前的马老五，发现这人右手小拇指确实短了一截。

马老五戴着一副眼镜，说话不紧不慢，他对老周说，自己一向在乡下承揽木工活，好长时间没有进城。老周突然脸色一沉："你在说谎，一个多月前你还在死者刘红家的窗前转悠过。"

马老五听到这话，当下一愣，马上缓过神来狡辩道："不可能，你们是不是搞错了？"

老周冷笑一声说："我看你是不见棺材不落泪！"然后按下桌前的按

钮，从门外进来一个警察，把《指纹鉴定书》送了上来。

老周把鉴定书拿在手里，指着上面的图形，对马老五说："这是在刘红家窗户上提取的指纹，经过比对核实，和你的指纹一模一样，你还有什么可抵赖的？"

听到这里，马老五顿时傻了眼，只好一五一十地从实招来。

原来，这是他的惯用伎俩。每装修完一套房子，就偷偷配把钥匙，耐心等上几年，然后再去查找没有换锁的房子，伺机盗取财物。而刘红当初马虎大意，并没有及时换锁，所以，才让马老五钻了空子。

那天，马老五在刘红家踩点时，因为玻璃反光，就索性趴在窗户上往里张望，无意中在玻璃贴上留下了手掌印。

后来，马老五在行窃时，被中途回家办事的刘红撞个正着。马老五残忍地将刘红掐死，之后精心清理了现场，但他万万没想到，自己无意中在玻璃贴上留下了指纹，这个隐秘的线索，终于让他落入了法网。

(蒲永俊)

(题图：谭海彦)

夜幕下的垃圾场

怪病上身

王乐天是一家民营精神病诊所的青年医生，他的女友文雯虽然长得娇小玲珑，脾气却很生猛，王乐天常说她是自己的"野蛮女友"。文雯也是医生，在妇幼保健院工作，和王乐天谈了三年恋爱，两个人目前已经进入谈婚论嫁的阶段。

这天是文雯母亲的生日，下班后，王乐天拎了一大袋礼物直奔文雯家。文雯母亲正在厨房里忙着，王乐天就在外面客厅里帮文雯整理房间，铺桌布摆碗筷。到七点钟的时候，饭菜都准备好了，只等文雯的弟弟回来。

文雯的弟弟是环卫所的驾驶员，每天的工作就是开车把垃圾中转站的垃圾运到郊外大青山去，大青山脚下有个露天垃圾场。平时这个时候他早就下班了，奇怪，今天是母亲的生日，他为什么还不回来？

文雯打了好几个电话,弟弟的手机都是关机。她又把电话打到环卫所去,值班的大爷说,她弟弟的车子还没回单位。运垃圾的车不可能开出去玩的,天都黑了,弟弟会去哪儿呢?

一家人等得望眼欲穿,直到快九点的时候,弟弟才回来。大家着急地迎上去一看,弟弟的衣服脏得不成样子。

母亲关切地问:"儿子,你这是怎么啦?"

弟弟笑着说:"没什么,车子在大青山坏了,找不到人,只好自己修。本来想先打个电话给你们,偏偏手机没电了。"

母亲这才放心,说:"那就快去洗个澡吧,都等着你呢!"

等弟弟洗完澡,母亲已经把凉了的菜又重新热过了,一家人坐在一起,开开心心地吃了起来。才吃了几口,文雯突然想起来,弟弟上个星期不是说过自己的车去大修了,怎么又坏了呢?弟弟平时做事挺粗,于是文雯提醒弟弟说:"你明天上班最好先让师傅帮你把车子检查检查,你那车不是刚大修过吗,怎么才几天就坏了?"

弟弟说:"是啊,我也搞不懂,今天就跟中了邪一样,去的时候还好好的,垃圾倒掉之后,车子就突然熄火,发动不了,我捣鼓了半天,好不容易才对付着回来。你不知道,大青山到了晚上真吓人,城西那个化工厂三天前倒了好多废渣在那里,堆成一座小山,看上去阴森森的!"

文雯看弟弟一副心有余悸的样子,笑他说:"啧啧,亏你还是个大男人,胆子这么小!"

母亲心疼地对文雯说:"你做姐姐的就别笑他了,你这个弟弟呀,从小就胆小,要不怎么说你们俩性格生反了嘛!"

弟弟不服气,瞪了母亲一眼,对文雯说:"姐,别看你胆子大,让你一个人晚上呆在那种鬼地方,你也会害怕的。"

"有什么好怕的?"文雯不屑地说,"要是真遇上鬼,那也是鬼怕我,我才不怕鬼呢!"

母亲一听他们争论什么鬼不鬼的,马上打断话头说:"别争啦,菜要凉啦!"

文雯意识到今天是母亲的生日,不该多说什么鬼不鬼的,于是朝母亲吐了吐舌头,收住了嘴。弟弟也不说话了,只是脸上突然出现了一种像哭又像笑的怪异神情。

王乐天首先发现弟弟神情的变化,捅捅坐在身边的文雯,小声说:"快看你弟弟!"

"怎么啦?"文雯疑惑地朝坐在桌子对面的弟弟看去,心里猛地"咯噔"了一下:弟弟脸上的肌肉在抽搐,目光显得非常呆滞。"小弟!"她喊了起来,"你怎么啦?一定是太累了吧,要不早点儿歇着去?"

只见弟弟突然站起来,两只眼睛定定地看着前方,大叫一声:"鬼呀,好多鬼呀!"然后步履踉跄地离开桌子,一步窜进了他自己的房间,"砰"地一声把房门关上了。

"儿子,你怎么啦?'母亲惊叫起来,立刻追了过去,文雯和王乐天也几乎是同时放下了碗筷,三个人追到弟弟房门口,叫了半天,弟弟就是不肯开门。

还是王乐天脑子清醒,说:"不是有钥匙吗?快去拿钥匙来!"

很快,文雯拿来了弟弟房间的钥匙,可是打开房门进去一看,根本不见弟弟的影子。

母亲急得都快要哭了,文雯和王乐天赶紧在床底下、橱柜里找起来,很快就发现弟弟缩在房间角落的一个大衣柜里,浑身发抖。王乐天想拉他出来,他却惊恐地叫着:"我没有杀你,你不要拉我!"

王乐天慌忙松手，回头对母亲和文雯说："他现在太紧张了，我们还是先不要去碰他……"

王乐天话还没有说完，弟弟突然又从柜子里钻出来，窜出房门，转眼间从厨房里拿了一把菜刀冲过来，对着离他最近的母亲就要砍下去，嘴里还念念有词道："我很厉害，我不怕鬼，我很厉害，我不怕鬼……"大家费了好一番力气，才把他手里的菜刀夺下来。

王乐天对文雯和母亲说："弟弟今天好像受什么刺激了，我看先让他安静下来再说。"他一边说着一边就赶紧给弟弟做脑部按摩，过了好一会儿，弟弟才渐渐安静下来。

母亲又着急又害怕，拉着文雯的手直哭："这怎么办，难道他真的撞上鬼了？"

文雯是医生，自然不相信鬼神之说，可她也弄不明白这到底是怎么回事，怔怔地看着王乐天。

王乐天说："弟弟刚才在饭桌上不是说，大青山的夜晚很吓人吗？也许是惊吓过度了，但目前不好下结论。这样，我看不如赶早把他送到我们诊所去。"

也只有这样了，于是一家人把弟弟送到王乐天的诊所里。当班的周医生和王乐天是好朋友，两个人一起给弟弟做检查，可是检查下来，弟弟的一切状况都正常。这真是一件奇怪的事。王乐天征求了母亲的意见，决定让弟弟住院观察。

王乐天对母亲说："妈，都说'心病须得心药治'，现在对弟弟来说，弄清他得病的原因很重要。你和文雯好好想想，这几天弟弟有没有碰到过什么事？"

文雯和母亲仔细回忆弟弟发病前的表现，可是什么反常的地方都找不到。第二天，王乐天又陪文雯去弟弟工作的环卫所，询问弟弟在单位的情况。

单位里的人都说弟弟为人老实，平时人缘挺好，从来没有什么不愉快的事情发生过，更谈不上受刺激了。至于在大青山车坏了，他们是事后才知道的，车坏了之后有没有发生过其他的事，就不得而知了。

不过，在和弟弟同事的交谈中，文雯总觉得大家的神色有点不对，再三追问之下，才有人吞吞吐吐地说："其实，我们都怀疑他是不是撞上鬼了，你们俩都是医生，肯定不信鬼，所以我们才没好意思说。"

文雯皱了一下眉："你们怎么会想到是撞上鬼了呢？"

那个人说："你知道吗？前不久，就在大青山垃圾场那里，死了两个人，一男一女，是一对谈恋爱的，男的把女的杀了，然后自己跳水塘自杀。"

事后，文雯专门去了解，才知道这个事情。说起来有点玄，自杀的那个男的生前是个胆小鬼，那天，他朋友当着他恋人的面嘲笑他胆小如鼠，他觉得很没面子，为了证明自己不是个胆小鬼，他就和朋友打赌，说自己敢晚上一个人去大青山。恋人知道他其实胆子很小，为了顾全他的面子，就说："我也很想去，不如咱们两个人一起去吧，在山上过夜，肯定很浪漫。"于是，这对年轻人当夜就去了大青山，谁知第二天就有人在那里发现了女的尸体，赶紧报案。警方发现女的身上被水果刀捅了二十多刀，刀上有那个男的指纹；四周再一勘察，发现那个男的就淹死在垃圾场旁边的一个水塘里。警方初步推断，是男的杀了女的，然后跳塘自杀。但是，死者双方的亲朋好友都说，这两个人的感情非常好，男的不可能做出这样的事来，而且男的平时是个连蚂蚁都不会踩死的人，根本不可能会去杀人。因为证据不足，这个案子至今仍悬在那里。

王乐天听了这件事，对文雯说："很有可能你弟弟是受了惊吓，他知道那里死过人,晚上一个人在那里修车,胆子又小,想起这件事就越想越怕,吓坏了,精神才出了问题。你不会也相信你弟弟真是撞上鬼了吧?"

文雯说:"我当然不相信。不过凭直觉,我觉得我弟弟突然精神失常,和这个凶杀事件或许有某种联系。"

王乐天摇摇头:"你们女人动不动就是凭直觉。你是医生,你应该相信科学,而不是直觉。"

文雯也不生气,沉思着说:"女人的直觉往往是很准的。我想去一趟大青山,你陪不陪我去?"

王乐天说:"当然要陪,我怎么放心让你一个人去呀?再说了,你这么厉害,我倒要看看你是怎么把那里的鬼吓跑的!"

夜探惊魂

王乐天当即借了一辆车,一个小时后,他们就来到了大青山脚下。

走进垃圾场,文雯发现这里的地形四面环山,垃圾场就像个盆地,从各处运来的垃圾已经在这个盆地上堆起了一座座小山。由于堆积时间过长,这些垃圾山上已经长出了草,远远望去,草坡一片翠绿,点缀着鲜艳的野花,除了城西化工厂新堆起的废渣山有些触目,不知道的人真以为这里的风景还不错。

文雯一脸的不可思议:"真奇怪,这里的土地被污染得这么厉害,为什么长出来的植物会这么好看呢?"

王乐天感叹着说:"你想嘛,如果植物像人一样娇气,那地球恐怕早就光秃秃的了。"

文雯皱了皱眉，自言自语地嘀咕道："风景这么美，一点也不吓人啊。"

王乐天笑了："我的大小姐，你别忘了，现在是白天，你弟弟是说这里晚上很吓人。"

"晚上能有多吓人呢，不就是天黑吗？"说到这里，文雯突然拍拍自己脑袋说，"哎呀，我怎么没想到呢，我们应该晚上来！"她对王乐天说："怎么样，我们晚上再来一趟？"

王乐天自然点头了，一来他绝对不会让文雯一个人来冒险，二来他也想自己亲身体验一下大青山的夜晚，也许对弟弟今后的治疗会有帮助。

听说文雯和王乐天要夜探大青山，母亲也非要去不可，儿子的病牵着母亲的心，母亲一个人在家里怎么待得住？

出发前，母亲拿出三套从邻居那里弄来的道袍和面具，说是一起带去，到时候一人一套，去吓吓鬼。文雯哭笑不得地对母亲说："妈，你真当我们去捉鬼呀？"

母亲撇撇嘴，一本正经地说："这都是避邪的东西，别小看它。你们有车，带着又不费事。你弟弟已经那样了，如果你和乐天再有什么闪失，叫我怎么活？"

王乐天理解母亲的心情，悄悄推了推文雯，让她就顺着母亲的意思，别再多说了。

晚饭后，天完全黑了下来，三个人正要动身，周医生急匆匆打来电话，说他也要一起去。周医生也是个年轻人，平时好奇心特别重，有这样的探险机会，他自然想参加。不一会儿他就打车赶到了，于是他们四个人一起出发。

晚上车开得快，一个小时不到，车子就到了大青山脚下，在垃圾场门口停了下来。下车后，母亲非要女儿女婿穿上她准备好的道袍，戴上面具,还把给自己准备的那套让给周医生。

周医生一看这种稀奇古怪的东西,乐得哈哈大笑,说自己根本不信这个,坚持不穿,母亲不好太勉强他,只好自己套上了。周医生看着他们三个人的打扮直想笑,可当着文雯母亲的面,又不好意思笑出声来。

夜幕下的大青山果然和白天大不一样,黑幽幽的,显得神秘而又诡异,月光还算亮,但给人的感觉依然很阴冷,风在山坳里"呜呜"吹过,留下一阵阵莫名的声音,水塘里青蛙的叫声也变了,不是那种响亮的"呱呱"声,而像是被人掐住了喉咙一样,"咕咕咕"地叫得很低沉,很多小飞虫在月光下无声无息地漫天飞舞。

四个人慢慢地围着垃圾场转了一圈,没发现什么异样,又围着小水塘转了一圈,也没发现什么情况,无奈之下,只好上车回家。

回到市里已经快11点了,大家都觉得肚子有点饿,王乐天提议去吃点夜宵,于是就去了附近一家特色水饺店。

水饺上得很慢,好一会儿才端上来,大家正准备吃,周医生突然站起来,怪声大叫:"不能吃!这饺子有毒!"三个人吓得惊讶地抬起头来看他,王乐天发现,周医生脸上的表情和文雯弟弟发病时一模一样,心里一沉。

只见周医生拿起筷子在自己碗里拨拉几下,盯着文雯吼道:"说,是不是你下的毒?你这个狠毒的女人,我不爱你了,你就想毒死我,是不是?"说着他就扬起手,一巴掌朝文雯的脸上打过来,幸好隔着桌子,文雯向后一闪,躲过了。

周医生的神情突然又变得温和起来,笑着对王乐天说:"妈,我听你的话,我不要这个坏女人,我这就把她杀了。真的,我不骗你,这次我真的杀了她。"他一面说一面却又大哭起来,边哭边往外跑,大叫着:

"我杀人啦!我杀人啦!"

店里所有的顾客都不知道出了什么事,紧张地看着他们。他们也顾不上解释,赶紧追出去扭住周医生,也把他送到了王乐天的诊所。

诊所领导披惊动了,连夜召集专家对周医生的病情进行会诊,大家都觉得这事有点邪门,决定暂时不向外界宣布,特别是新闻媒体。

经历了这个事情,母亲更加认定大青山有鬼,文雯和王乐天心里也很迷惑:鬼自然是不会有的,可周医生的突然发病是亲眼所见,当时就他一个人没穿道袍没戴面具,偏偏他就出了问题,这到底该怎么解释呢?

文雯和王乐天决定背着母亲再去大青山,在没有弄清楚事情真相之前,王乐天坚持把母亲借来的道袍和面具带去。这次两个人在垃圾场里待了没多久,文雯突然扔了面具,脱了道袍。王乐天一愣:"你要干什么?"

文雯说:"我要试一试,道袍和面具是不是真的有作用。"

王乐天急了:"要试也让我来试嘛!"

文雯说:"怎么能让你试?万一这里真的有情况,如果你中了邪,我哪有力气制服你?"她故作轻松地笑着说,"别担心,我没事的,你不是说过要相信科学吗,我就不相信世上真的会有鬼。"

王乐天拗不过文雯,最后只好随她。他们围着垃圾场转了一圈,还是没有发现什么可疑的情况。抬头看天,满天的繁星闪闪烁烁,夜色真的很美,他们在水塘边坐了一会儿,才回家。

一路上,文雯明显没有来的时候话多,王乐天知道,找不出弟弟的病因,她心里不好受,就轻言细语地劝慰说:"别着急,事情总有办法解决,不是还有我嘛!"

他把车开得很慢很慢,快开到市区时,文雯突然伸出一只手来,轻轻地抚着王乐天的脸，妩媚地问他："你说我温柔吗？"

王乐天愣住了，平时他经常说文雯不像女孩子，很希望她能够温柔一点，但文雯现在这个样子，却让他浑身起鸡皮疙瘩。借着月光，王乐天从反光镜里猛然看到，文雯的脸上也出现了那种可怕的怪异神情，他的心抽紧了，握着方向盘的手一抖，车子差一点儿撞上了路边的一棵大树。

王乐天眼疾手快一个刹车，车子"吱"的一声停了下来。此时，文雯突然像蛇一样死命缠住王乐天的脖子，疯狂地吻他。王乐天只感到一阵阵的心痛和恐惧，他挣扎着想反抗，可文雯的力气似乎比平常要大得多，她一只手拉开自己的上衣，另一只手又一把扯掉王乐天衬衣上的扣子，直往他身上钻。王乐天想推开她，不料文雯却突然一口咬住了他的脖子，王乐天痛得惨叫一声，使劲儿用力，才挣脱出来。

王乐天飞快地跳下车，跑到车后打开后备厢，拿出一根绳子回到车上，把文雯的两只手捆了起来。看到文雯两只眼睛里透出来的怪异目光，王乐天感到了一种从未有过的无能为力。为什么会这样？为什么会这样呢？

这诡异的大青山啊！直到把文雯送进诊所，王乐天还沉浸在恐惧和无奈之中。

解药之谜

文雯的病和她弟弟以及周医生一样，发作的时候暴躁不安，力气也变大了，要折腾大约半个小时，然后突然安静下来，像木头人一样呆滞，不说话，不认人，连叫他们的名字都没有反应。

王乐天坚持在他们安静下来之后陪他们说话,他相信总有一天能唤回他们的感觉。这天文雯刚睡醒过来,王乐天便给她讲他们过去恋爱时种种有趣的事,讲着讲着,面对文雯毫无表情的脸,想到她过去是一个多么可爱的姑娘,王乐天忍不住哭了起来。

突然,他听见文雯叫了一声:"乐天!"王乐天惊喜地抬起头,可文雯的脸上依然是一副目光呆滞的样子。王乐天抓住文雯的肩膀,拼命地问她:"文雯,是你在叫我?是不是?你说话呀!"可是文雯像木头人一样,没有任何反应。

王乐天失望极了,难道刚才是幻觉吗?王乐天不死心,又给她讲过去的事情,两只眼睛不敢离开文雯的脸。果然没过多少时候,王乐天就听到文雯非常清晰地从嘴里吐出两个字:"乐天!"几秒钟之后,又喊了一声:"乐天!"

文雯能喊自己的名字了!这天晚上,王乐天高兴得睡不着,直到天快亮时才有点迷迷糊糊起来,可他又一个连着一个地做噩梦:一会儿是文雯被魔鬼抓走了,自己去救她;一会儿是自己反而被魔鬼抓了起来,这时候电话铃响了,自己想去接却动不了身,拼命挣扎,可手还是抽不出来……这一着急,王乐天就醒了,发现真的是电话铃在响,是诊所打来的,说文雯和她弟弟突然找不到了。

王乐天几乎是从床上跳起来的,用最快的速度赶到诊所。他想来想去不对头:文雯和她弟弟住在两个相邻的病房,他们目前都是有暴力倾向的病人,所以那两个房间的设施都是有防护措施的,一般情况下病人不可能跑得出去。他们是怎么出去的,又会到哪里去了呢?

整个诊所都动员起来了,大家四下寻找却没有结果。文雯和她弟弟的病每天都要发作,可附近也没听说有什么精神病人逃出来抑或伤人的事情。这真是奇怪了,王乐天不敢把这个消息告诉文雯母亲,怕她更加受不了打击,只好和大家一起继续拼命寻找。

整整找了三天,王乐天找得又渴又累。这天傍晚,他经过茶坊时,进去要了一杯啤酒,想解解乏。这家茶坊王乐天以前常和文雯一起来,睹屋思人,令他伤感不已。

王乐天端起酒杯一仰脖,满满一大杯啤酒就倒进了肚子,他长叹了一口气,正要起身出去继续寻找,突然一个熟悉的身影从他眼前一晃而过。文雯!不会吧?他跳起来冲过去,猛一把拉住她,一看,竟然真的是文雯,看她的眼神,似乎比失踪以前要正常多了。王乐天惊喜地叫道:"文雯,你怎么会在这儿?"

文雯睁大眼睛看着他,不说话。

王乐天急切地说:"文雯,这几天你到哪里去了,你怎么会在这里?"

文雯看着他,一脸惊讶的表情。

王乐天愣住了:"你能听懂我的话吗?"

文雯点点头。

"那你为什么不回答我?"

文雯指指自己的嘴巴,又摆摆手。

王乐天心里一惊:"你不会说话?"

文雯点点头。

"那你认识我吗?"

文雯摇摇头。

王乐天不甘心地说:"我是乐天,王乐天!文雯,你怎么能不认识我了呢?你再好好想想,这个地方我们过去不是经常一起来的吗?"

文雯迷茫地看着他。

王乐天知道再说下去也没什么用,于是试探着问:"我带你回家好不好?去找你妈妈。"

文雯点点头,于是王乐天赶紧拉起她的手,两个人一块儿出了茶坊。

文雯的家在茶坊的右首,所以王乐天从茶坊出来后就带着文雯径直往右走,但文雯却非要他往左走。王乐天想看看文雯到底要做什么,就顺从地跟着她走了。

文雯带着王乐天穿进一条老街,在小巷深处的一个院门前停了下来,她轻轻地敲门,不一会儿院门就开了,让王乐天万没想到的是,来开门的竟然是文雯的母亲。

文雯的母亲显然也很吃惊,她看了看王乐天,又看了看文雯,突然惊喜地问:"文雯,原来你是找乐天去了?真把我急死了,我还以为你丢了呢!"

文雯看看她母亲,摇了摇头。

王乐天把他遇到文雯的经过说了一遍,母亲这才明白原来是这么回事。王乐天不明白地问:"妈,这是什么地方?文雯怎么会把我领到这个地方来?"

母亲有点不好意思,说:"我还是先给你介绍个人吧。"正说着,文雯的弟弟和一个老头儿从里面出来,看神情,文雯弟弟的神智也正常了不少。这老头看上去精瘦精瘦的,头发秃得只剩下头顶上稀稀拉拉一圈。母亲指着他对王乐天说:"这位是徐先生,我正请他给文雯姐弟俩治病哩!"

"啊,你好!"王乐天礼貌地和徐先生打过招呼,不由对这个精瘦老头发生了兴趣,正想请教他是怎么给文雯姐弟俩治病的,不巧正好有电话来找徐先生,他接完电话后就出去了。

母亲指着徐先生的背影,很神秘地对王乐天说:"这个人可厉害了!"

原来,母亲见姐弟俩在王乐天的诊所里治疗,效果非常慢,心里很着急,两个孩子从小就没了爹,娘仨一直相依为命,她不能眼睁睁地看着孩子们就这么毁了,于是就四处打听民间有什么秘方可以治这种怪病。邻居就给她介绍徐先生,说这个老头如何如何有办法,当初道袍和面具就是从他那儿借的,于是文雯母亲就找上门来了。徐先生听文雯母亲把情况一说,当即给了她两个香囊,让她回医院后挂在文雯姐弟俩的脖子上试试,果然没几天,文雯姐弟俩发病的间隔时间就拉长了一点,后来文雯还能喊出"乐天"的名字。这下母亲对徐先生更信服了,想把文雯姐弟俩索性交给徐先生来治,可又怕王乐天反对,又要说自己迷信,于是就瞒着他把姐弟俩从医院里接出来,送到徐先生这儿。这几天,文雯姐弟俩的精神确实正常了不少,所以母亲对他们看得不是很严,没想到今天中午吃了饭,文雯就不见了,找了一下午都没找到,母亲又不敢声张,急都急死了。

那么,徐先生究竟用什么办法来医治文雯姐弟俩的病呢?王乐天心中充满了好奇,他决定留下来等徐先生,也可帮着母亲一起看护文雯姐弟俩。

徐先生很晚才回来,王乐天不好意思打扰,只好到第二天早上才迫不及待地去问,可徐先生却支支吾吾不肯说。是徐先生故作谦虚,还是他另有隐情?

王乐天决定调查徐先生的底细。这一查,才发现这个人根本就不懂医术,只是会一些所谓的"巫术"。可文雯姐弟俩的病确实好了不少,这也是事实啊!为了弄清究竟,王乐天和诊所领导商量,想把周医生也送到徐先生这里来,王乐天做他的监护人,这样可以进一步观察徐先生到底是怎么治疗的。

王乐天把周医生送来了,可是观察了几天,好像徐先生也没对病人做什么特别的治疗,但奇怪的是,没几天,周医生的精神就正常了不少,只是也和文雯姐弟俩一样,没了过去的记忆,也不会说话。徐先生到底有什么本事把这三个人治疗到现在这个样子呢?王乐天下定决心,一定要弄个水落石出。

追根溯源

经过一段时间的接触,王乐天发现徐先生这个人比较贪财,也好喝酒,他就特地去弄来一瓶上好的白酒,然后和徐先生对饮。徐先生在喝了七八分醉后,总算开了金口,说其实当初他也不知道该怎么医治文雯姐弟俩的怪病,让文雯母亲带两个香囊回去,这纯粹是碰运气。可那天文雯母亲发现文雯把挂在脖子上的香囊咬坏了,要徐先生给换一个,还随口说了一句:"文雯今天好像发病的间隔时间长了点儿。"徐先生就上了心,连忙追问道:"那她弟弟呢?好点了没有?"文雯母亲叹了口气,摇摇头。徐先生心里就想:姐弟俩身上都挂香囊,为什么姐姐今天会好一点了呢?会不会和她吃了香囊里的草灰有关?反正那种草灰没毒,于是他灵机一动,就动手煎草灰水给姐弟俩喝,没想到他们喝了几次之后,精神真的好多了。

王乐天急着问:"那是什么草灰?"

徐先生说:"是芸香草燃烧后的灰。"

王乐天想了想,疑惑地说:"芸香草?没听说过有这种草啊。"

徐先生得意了:"你有没有闻到我家里有一种淡淡的香味?那就是干

的芸香草燃烧后散发的味道。"徐先生告诉王乐天，芸香草是他师傅不知从哪儿弄来的，后来他们人工栽培成功了，每年都要种一些，晒干后捆成一束束的长条，拿来当香用。这种草很奇特，燃烧后香味不是很明显，表面上闻不出什么味道，但蚊子苍蝇都怕，所以他家夏天从来不用纱门纱窗，也不用点蚊香。

莫非是这种草的作用？王乐天要了一些芸香草和草灰回去，找专家论证。他们通过实验发现，草灰中有十几种能解毒的生物碱，新鲜的芸香草解毒功能更强。

难道文雯他们是中毒而致病的吗？那么中的是什么毒，他们又是怎么会中毒的呢？

王乐天仔细回想着他们后来两次去大青山的经过，那个面具并没有防毒功能，所以不可能是通过呼吸中毒；既然不可能通过呼吸中毒，那么很可能是通过身体的接触中毒的。对，一定是这样的，文雯母亲给他们用的道袍和面具，不都是徐先生的吗？既然徐先生在家里经常把芸香草当香来熏点，那么他借给文雯母亲的道袍和面具，十有八九都被芸香草熏过，芸香草又能解毒，所以穿了道袍的人就会没事——事情很可能是这样的。

但是，究竟是什么毒会对人的神经产生这么大的杀伤力呢？他想起第一次去大青山时，在垃圾场那里看到的特别绿的小草，特别艳的花朵，难道就是它们作的孽？为此，王乐天和诊所的几个医生特地去了一趟大青山，专门采集植物标本，带回来反复检测，可是都没有发现有什么特殊的问题。

这一天，王乐天看徐先生又在家里熏芸香草，他猛然想到，他们采集标本是白天去的，而出问题的时候都在晚上，会不会是某种植物白天没有毒,只在晚上才散发毒素呢?

对于王乐天的分析,徐先生也来了兴趣,如果真是芸香草在起作用,那他可以好好告慰地下躺着的师傅了。于是他们约定,当天晚上再一起去大青山垃圾场一次,去那里采集晚上的植物标本。

以防万一,去之前,徐先生特地又把道袍和面具好好让芸香草熏了一下。可王乐天这回却坚持要穿诊所的医用防护服,连传染病都能隔离,他相信这身防护服也一定能隔离这种病毒。

不过,在没有彻底弄清真相之前,总还是谨慎一点的好。所以他们到大青山采集完标本,就立刻开车回来了。

快要进入市区的时候,徐先生笑着对王乐天说:"先去我家吧,万一你中了邪,我可以及时救你。"

王乐天笑了:"还是先去我们诊所吧,这些植物标本要赶快送去化验。"

徐先生想想也是,就和王乐天一起去了他的诊所。诊所一听说他们去了大青山,立即如临大敌,把他们隔离起来观察。

虽然王乐天知道要相信科学,虽然他去的时候百分之百地相信这套医用防护服的作用,可这会儿被同事们采取措施严阵以待,心里也没了底。而且徐先生事先还叫王乐天的同事帮忙,把他准备好了的一把芸香草煎了搁在一边,如果王乐天回来发作了就给他喝。

诊所里的空气有点紧张,大家都默不作声地看着他们俩,好像在等待着什么。这似乎有点残酷,弄得王乐天的心里越来越紧张。

好不容易过去半个小时,突然,徐先生一步跳到王乐天面前,声音颤抖地说:"我看见了,我看见了。你身上有两个鬼。"

王乐天吓了一跳:"徐先生,别开这种玩笑,老实对你说,我现在很脆弱呀,你就别吓我了。"徐先生脸上的神情突然变得非常怪异,指着王乐天和其他几个医生,嘴里喃喃地数着:"一个,两个,三个,四个……好多鬼呀。"然后,他飞快地从他的手提包里掏出很多冥钞来,每人发一叠,讨好地说:"给你们钱,你们别害我啊,我是好人,我从来没做过坏事啊!"

大家拿着冥钞,一时还没回过神来,你看看我,我看看你,都不知道徐先生在搞什么鬼。突然,徐先生发疯似的把大家手里的冥钞又都夺了回去,哈哈大笑着在房间里转圈子,一边转一边说:"我发财啦!我有钱了!"

王乐天一把拉住他问:"徐先生,你怎么了?"

徐先生恶狠狠地推开王乐天,大叫着:"你敢抢我的钱?我跟你拼了!"

大家很快明白过来,是徐先生疯了,于是一齐动手把徐先生按住。徐先生显得非常狂躁不安,目光凶狠,发病的情形就和文雯他们当初一样。于是大家就把原先给王乐天准备的那碗芸香草水给徐先生灌了下去,之后徐先生才安静下来,目光呆滞地躺在床上。

这种结果,倒是王乐天没有想到过的,明明徐先生穿了道袍戴了面具,怎么还会出问题呢?以前不是只要穿了道袍戴了面具,就都没事了吗?王乐天成天苦思冥想这个问题,走路想,吃饭想,连睡觉都想,可还是想不出问题究竟出在哪里。

第二天,王乐天给徐先生做例行检查,看着他那光光的秃顶脑袋,突然眼前一亮:徐先生出事会不会和他的秃脑袋有关系呢?面具只是遮住了脸庞,可遮不住他的整个脑袋啊!而且由此推断,自己曾经推测中毒是通过体表接触,看来是有一定道理的。

为了验证自己的想法，王乐天找来八只实验用的白鼠，把它们分装在两个笼子里，随后他把一个笼子里的白鼠用芸香草熏了一天，又把其中两只鼠背上的毛剃了。晚上，他穿好防护服，带着这两笼白鼠去了大青山垃圾场。他特地戴上一副红外线夜视镜，很快就非常清楚地看到，有很多小飞虫飞进了那个没熏过芸香草的白鼠笼子，而熏过芸香草的笼子，就很少有小飞虫进去，即使进去了，过不了一会儿也飞了出来。

回来没多久，那笼没有被芸香草熏过和另一笼里那两只被剃了背毛的小白鼠，行为就非常反常。王乐天很激动，马上把这个发现向诊所领导汇报，诊所专门组织人员展开调查，经过多次实验证明，小飞虫就是罪魁祸首，被它叮咬过的小白鼠，光凭肉眼看不出皮肤上有什么痕迹，但通过显微镜可以看到被刺破的小点，并且从被叮咬的小白鼠血液里，能够检测出一种目前尚未被命名的未知毒素。同时，通过对小白鼠的治疗，证明新鲜的芸香草防毒效果更好，把这个经验运用到文雯他们身上，果然一个星期以后，他们就都恢复了正常。

文雯和周医生痊愈之后，也加入到研究小飞虫的队伍中。大家暂且把这种小飞虫称为毒蚊子，因为这种小飞虫有点像蚊子，它和蚊子一样，雌的吸血，雄的吸植物的液汁，幼虫在水里生活。和蚊子不同的是，它们吸血的时候会释放出一种剧毒素，这种剧毒素有麻醉作用，进入人体时不痛不痒，但一旦在大脑里安家，正常的血液检测就测不出来了，而且立刻让人产生被害妄想，精神失常。

如果让这种毒蚊子继续繁衍下去，后果实在太可怕了，诊所马上向有关部门作了汇报，一个由各方人员组成的灭蚊领导小组立刻成立起来，王乐天、文雯和周医生他们都志愿加入了灭蚊行动。

但是，普通的那些杀虫剂对这种毒蚊子根本没有作用。看着这些顽强的小生命，文雯感叹道："太可怕了，这么厉害的杀虫剂，竟然还杀不死它们。"

王乐天望着那一座座垃圾山，沉思着说："其实毒蚊子倒不可怕，总会有新的杀虫剂来对付它们；真正可怕的是怎么来彻底铲除产生这种毒蚊子的垃圾，怎么来加强我们的环保，这才是个令人担心的大问题啊！"

(阿 辞)
(题图：杨宏富)

夜谈·怪事
yetan guaishi

夜深了，令人毛骨悚然的故事正等待着听众……

变身女友

陈青是个优秀的男人，风趣、体贴、有点小钱，并且品位不俗。这样的男人多数是情场高手，陈青也的确有一套本领，能吸引住所有他看上的女人。现在他身边的女人叫白雨，两人只认识了三个多月就同居了，不过最近陈青觉得他的女朋友有些奇怪。

白雨住在陈青给她租的一套公寓里。陈青平时很忙，一周只有两三天住在家里。这天，白雨突然给陈青打电话，让他回家一趟。当时陈青正和公司一个新来的女职员调情，接到白雨的电话自然不快，然而听她的语气仿佛有什么大事发生，陈青便答应下班回家。下班后，陈青刚一进家门，白雨就扑到他怀里，脸色煞白地说："你回来住吧，我害怕。"陈青问："害怕什么？"白雨四下看了看，压低声音说："这房子……闹鬼。"

陈青当然不相信闹鬼这种事，他觉得这可能是白雨耍的小伎俩，就为把他留在身边。但那天他还是留下来了。夜里，陈青在梦中隐约听到一阵歌声，是一个柔柔细细的嗓子，低低地唱着《月亮代表我的心》。陈青猛然清醒过来，只见白雨也已经醒了，正瞪着一双惊恐的眼睛望向客厅，那低柔的歌声正是从客厅飘来的。陈青又听了几句，像被针扎了一样从床上弹起来，他一口气跑到客厅里，发现那声音是从桌子上的一台老式录音机里传出来的。他关掉机器，拿出里面的磁带，又跑回卧室，举着磁带问白雨："你这是做什么？"白雨看着陈青咬牙切齿的样子，还没说话先掉下两滴泪来："这磁带不是我放的，我……我说了这屋子闹鬼，你还不信……"陈青一下子僵住了。

《月亮代表我的心》这首歌是陈青的前女友常丽丽最爱唱的，两人分手后已经很久没联系了。当年陈青向常丽丽摊牌，说自己喜欢上了别的女人，常丽丽纠缠了几次，后来就杳无音信了。常丽丽的失踪对陈青来说无所谓，因为马上又有别人填补空位，比如白雨。可这歌声怎么会莫名其妙地出现？陈青百思不得其解。

接下来的几天，那歌声总会在夜里自动响起，不管陈青把磁带扔到什么地方，一定会有一盒新的磁带在夜里咿咿呀呀地唱起那首歌。这样的日子太难熬了，陈青打电话找来了房东。房东是个面善的老头，总是笑呵呵的，当初陈青决定租他的房子，很大程度上就是因为他脾气好、人又爽快，很多条件陈青一说他就答应了。

听了陈青的描述，房东的笑容里多了一丝防备，他警惕地问："你们不是要退房吧,合同上讲好半年,中途退房我是不还押金的。"陈青说:"我不是这个意思,只是你这台录音机能不能处理掉?"房东说:"这东西早就坏了,搁在这里也不占什么地方呀。"陈青听了这话,顿时一惊:"什么?录音机是坏的?"房东奇怪地看了他一眼,给录音机插上了电,果然,不论怎么摆弄,那东西都顽固地一声不吭。陈青颓然地坐进沙发里,房东趁机告辞了。自始至终,白雨都在旁边静静听着两人的对话,苍白的脸上没有一丝表情。

说来也怪,自从陈青天天回家,过了一段时间,那奇怪的歌声渐渐消失了。陈青本就是个心不细的大男人,事情过去也就过去了,可这事仿佛给白雨留下了后遗症,她总是心神不宁,像一只胆小的猫一样时刻注意着周围的动静。看着她日益消瘦的小脸,陈青有些心疼,他决定带白雨出去玩一玩,或许轻松的氛围能帮她忘了这段时间发生的怪事。

这天,陈青说要带白雨去朋友开的酒吧消遣,当时,白雨刚接完一个电话,她听了陈青的提议,说要打扮一下再出门,接着就一声不响地走进洗手间。陈青看了两份报纸,白雨才装扮一新走了出来。只见她上身穿着米白色的露肩针织衫,下身一条鱼尾裙,飘逸的长发吹出了妩媚的波浪,一点也不像她平时天真的模样了。陈青看了白雨一眼,怔了一下,这打扮活脱脱就是当年常丽丽的风格!陈青勉强笑笑,说:"换身装束也换个心情,不错。"

来到酒吧,陈青的朋友见了白雨,全都背地里和他说:"你小子,女朋友未免和上一个太像了吧。"大家闹着让白雨唱首歌,白雨羞涩地推辞了一番,最后拿着麦克风面无表情地清唱起来:"你问我爱你有多深,我爱你有几分……"所有人一下子安静下来,大家都知道,《月亮代表我的心》是常丽丽最喜欢唱的一首歌，过去常丽丽和陈青出来玩，每次都会唱这首歌。陈青愣愣地看着台上的白雨，像不认识似的。刚经过了那样的怪事，她怎么还有心情唱这首歌呢？

从酒吧回来后，白雨彻底变了，她把所有的牛仔裤、T恤衫都锁在柜子里，却买了一大堆宝姿的裙子。本来素面朝天的她竟然成了美容专家，每天贴着面膜像鬼一样在家里飘来飘去。陈青说："你还这么年轻呢，用不着保养。"她却看着陈青，幽幽地说："不用你管。"现在她和陈青说话都是这个样子，完全不像原来的小女孩撒娇，甚至有时候陈青故意找茬吵架，她都是一副懒得理你的冷静模样。陈青不禁又想起了常丽丽，常丽丽就是这么一个冷冰冰的人，自己就是厌倦了她的那种理性才提出分手的。他又想起自己刚认识白雨时，她穿着吊带衫和牛仔热裤，说起话来像机关枪似的，眉眼间全是笑，正是这种热情使陈青对她多留了一份心，可现在呢？陈青觉得又回到了以前的生活，乏味单调，可他却不想再出去拈花惹草。他想，一定是前段时间的事情让白雨受了惊吓。除了给她更多关心，让她慢慢淡忘那件事，陈青想不出更好的办法。

然而事情并没有好转，白雨的变化越来越大。这天陈青回到家，开门就闻到一股烟味，白雨正坐在沙发上吞云吐雾呢。以前白雨是从来不抽烟的，连陈青抽烟她都要制止，说对身体不好。陈青上前掐掉她的烟，觉得有必要好好谈谈了，他问："小雨，你知不知道我最近为什么对你这么好？"白雨看了他一眼，平静地说："你是不是做什么亏心事了？"陈青又说："小雨，我觉得你变了。"白雨突然站起来，恶狠狠地朝陈青喊道："我变了？是我变了还是你变了？"

陈青一下子懵了，他想起和常丽丽分手的时候，常丽丽也是这么吼他的。白雨走进卧室摔上门，陈青坐进沙发，从烟盒里抽出一支烟，刚要点着，发现手里的香烟竟然是常丽丽最常抽的牌子。陈青脑袋里突然冒出个荒唐而可怕的想法：白雨正在一点点变成常丽丽！

有了这种想法，陈青对白雨的一举一动倍加留心。白雨明明不近视，最近却突然戴起了一副平光玳瑁眼镜；白雨本来喜欢口味重的食物，最近做的菜却都像没放盐；白雨原本爱玩电脑游戏，现在的休闲活动却变成了看书……每发现一处变化，陈青都心头一紧，那些都是常丽丽才有的习惯。联想起那个怪异事件，陈青心里泛起一阵阵凉意。白雨确实正在变成常丽丽！这太荒唐了，可又有什么能解释这一切呢？

陈青的心中结了个大疙瘩，他不知道白雨或者常丽丽要干什么，他甚至不敢表露出自己的疑惑。陈青开始害怕回家，害怕看到白雨那张涂着粉底的脸。这天，他跑到朋友的酒吧去买醉。朋友调侃怎么最近不见他换新面孔，陈青叹气，跟朋友说起他的疑惑。朋友听完后却不以为然地哈哈一笑，问他是不是"坏事"做多了，心虚产生幻觉了。

终于，陈青鼓起勇气要和白雨分手。不管她变成谁，总之一分手她就成为陌生人了，也会像常丽丽一样消失在茫茫人海里。她一个小女人，我怕她什么呢，陈青一边给自己打着气，一边拨了白雨的电话，和她提出了分手的要求。白雨听后很平静，只说让陈青下班后回家一趟。本来陈青想回绝，可白雨把电话挂断了。陈青想，回去就回去吧，也好让一切有个了结。

家里，白雨坐在餐桌旁，烛光映着她涂着厚厚脂粉的脸，一瞬间让陈青觉得无比陌生。陈青拿起筷子，夹了口菜，故作轻松地说："小雨，菜又淡了。"白雨看着陈青，微笑着说："没想到我们还是分手了。"她拿起面前的红酒，专注地看着那瓶浓郁的液体，自言自语地说："你看,这是你刚认识我时送的生日礼物,我都没舍得喝。今天我们把它喝了,好聚好散。"听白雨这样说,陈青微微有些心酸,他想了想说:"小雨,你一直都没问我为什么要和你分手。"白雨轻轻摇了摇头,说:"很多事情没必要追究得那么仔细。"白雨给两人的杯子倒上酒,举到陈青面前:"来,为我们曾经爱过,干杯!"

一天后,房东发现了两人的尸体。在派出所做笔录时,房东脸上没了笑容,他喃喃地说:"怎么会呢?前一阵他们说要我把那录音机处理了,今天邻居家孩子来玩,说他学修电器呢,看看能不能给我修好了。我怎么敲门也敲不开,正好有把备用钥匙,我就想进去把录音机拿走,谁知道……怎么会呢?"

白雨的密友哭着对警察说:"白雨早就知道她男朋友出轨了,可能是哪个看不惯陈青的人告诉她的。她还跟我说,她做了好多努力,改变自己,想挽回两人的关系,但他就是越走越远,可是……小雨也不至于下毒啊,她前几天还告诉我,她已经想通了。就为了一个男的,她怎么能杀人呢?"

陈青的朋友说:"陈青的确挺招女人喜欢,不过确定了关系后他还是挺上心的。前几天他还到我这来喝酒,愁眉苦脸的,说他和白雨出现了问题,我还没看见过他对哪个女的这么上心呢。那女的我也见过,文文静静,不像个狠角色。不过这世界上的事,谁说得准呢?"

这似乎就是真相了。

可我知道,这并不是。我是谁?我就是那个半夜潜入房间把录音机弄出声响的人,我就是那个打匿名电话告诉白雨她男朋友有外遇的人,我就是那个打电话指导白雨一点点变成常丽丽的人,我告诉白雨那才是陈青喜欢的类型,我就是那个在白雨的红酒里投毒的人。我为什么这么做？我的女儿常丽丽死了，她本可以好好地生活，一切都是因为那个男人，抛弃了她，毁了她的生活！她心里苦极了，所以她需要一段旅行来忘记那个男人的背叛。在去大理的途中，她就那么直直地撞到那辆货车上去了……她就这么走了，临走还带着对那个男人的怨恨。我也恨这个男人，我要给他点教训。我把房子租给这个男人时，脸上布满了笑容，可谁知道，我的心里老泪纵横……

(王　鑫)
(题图：谭海彦)

夜半口哨声

益美是一个十六岁的少女,她身体非常虚弱,没办法正常上学,就跟着叔叔片桐敏郎来到著名的京都昆虫保护区休养。

没想到无心插柳,益美在保护区的温泉宾馆认识了一个叫雄策的男高中生,雄策在东京读高三,是利用暑假来这里打工的。通过一段时间的相处,两人之间渐渐萌生了爱意。

这天晚上,他们俩在茶室里聊了很长时间,分手后,益美回到了自己的房间,可十二点都过了,她还没有睡踏实。突然,只听一阵低沉的口哨声从窗外传来,接着就是"沙沙"的奇怪声音。口哨声渐渐逼近，益美紧张得要昏过去了，她用仅存的一点力气，从床上爬下来，摇摇晃晃地奔到隔壁雄策的房间。

雄策醒了，惊问道："怎么回事？"

"雄策，口哨……口哨……"

雄策侧耳仔细听了听，接着又摇了摇头："我怎么没听到？益美，是不是做噩梦了？"

"不，我真的听到'沙沙'的怪响和口哨声！"益美坚定地说道。雄策扶着浑身颤抖的益美回到房间，打开灯，结果什么也没有发现，最后只好叮嘱她两句，回到自己房间去了。周围静悄悄的，益美也很纳闷，就这样昏昏沉沉睡过去了……

第二天早上，益美躺在阳台的折叠椅上休息，叔叔一早就去了湖边。叔叔是日本有名的昆虫学博士，现在正拿着采集箱在湖边采集稀有昆虫。益美自幼父母双亡，姐姐又在去年过世，叔叔是她唯一的亲人，她跟着叔叔来温泉宾馆已经一个多月了。

正胡思乱想间，有人过来轻轻拍了一下她的肩膀："在欣赏风景呢？"

益美一惊，见来人是雄策，就似是而非地点点头。

"起来吧，我们一起划船。"

"你一个人划吧，我有点头疼。"

"你昨晚是不是没睡好？"雄策关心地问。

"雄策，我昨晚真的听到了怪响和口哨声。"益美争辩道，脸上又出现了恐惧的神色。

"就算你听到口哨声，也不用吓成这样呀！"

益美猛地从躺椅上站起来，哽咽道："你不知道，对我而言，半夜的口哨声,是可怕的诅咒!"

雄策怔住了,不知道该如何安慰她,只是一个劲地道歉:"对不起,益美,能告诉我这是为什么吗?"

益美泪水纵横的脸上充满了恐惧,她看着憨厚热情的雄策,犹豫了一下,最后还是下了决心:"好吧……但这是我的家事,叔叔叫我不要告诉任何人。"

"你放心,我一定替你保密。"雄策说。

于是,益美悲悲切切地讲起了她的家事:原来这半夜的口哨声,对她家而言是可怕的诅咒。每次半夜响起口哨声,就会发生不幸的事。她的爸爸、妈妈是听到口哨声以后死去的,姐姐也是。

其实,益美的姐姐是个非常坚强的人,父母去世后,姐姐勇敢地挑起了家庭的重担,可是可怕的诅咒又落到姐姐身上……在去世前的几天里,姐姐对益美说,她在半夜里听到了低沉的口哨声,当时益美以为是姐姐的幻觉,可在姐姐去世的那天夜里,她自己也真真切切地听到了口哨声。那是去年4月4日的半夜,益美突然醒来,听到有人在低声地吹口哨,她赶紧跑到姐姐的房门前探听动静,没想到竟听到姐姐痛苦的呻吟声,她用力敲门,姐姐却没有回应她,她只好跑回房里拿钥匙……打开灯,姐姐已经躺在了地板上,她跑过去拼命呼唤姐姐,许久,姐姐才微微张开眼睛,颤抖着说:"益美……小心半夜口哨声……那可怕的恶魔毒手……毛茸茸的……"话没说完,姐姐就咽了最后一口气。

说到这里,益美痛苦地捂住脸。雄策的脸色也渐渐凝重起来:"当时家里还有什么人?""叔叔和三个佣人。"益美说。

"毛茸茸的恶魔毒手……"雄策低声沉吟,这时他看到益美的叔叔采集完昆虫,向宾馆走来。

"益美,我会替你保密的。"说完,雄策匆匆跑出宾馆,打车去了市图书馆。直到太阳偏西,他才返回住地,在湖边他碰到了守湖的老伯伯,打过招呼后,老伯伯突然问他:"片桐博士明天要离开这里吗?"

"不知道呀!"雄策疑惑地睁大眼睛。"没什么,"老伯伯笑笑,"只是片桐博士每天都会来买蚊子,但今天他却说已经不需要蚊子了,看来他要走啦!"

雄策猛地一惊。他回到宾馆时,天已经黑了。益美吃过晚饭,叔叔催她回房早些休息。可是想起半夜的口哨声,益美心里就很害怕,她不自觉地来到雄策房间,嗔怪道:"你一整天都去哪了?"

雄策只是笑笑,把手中的一根柳鞭在空中一挥,发出"咻"的一声:"这是我用柳树嫩枝做的柳鞭,你看,挺好玩吧!"说完他把鞭子扔到床上,请益美坐下。

"益美,你知道你叔叔在研究什么吗?"

"他在研究一些稀有昆虫啊!"益美说。

"错了,他在研究蚊子!"

"蚊子?他研究蚊子干什么?"

"是的,片桐博士每天提着采集箱,不是去采集昆虫,而是去守湖的伯伯那里买蚊子拿回来研究。哈哈哈!"

益美听出雄策的笑声里有讽刺意味,脸上露出不高兴的表情。

"对不起,我惹你生气啦?别生气。我泡一杯你最喜欢喝的柠檬茶!"

"嗯,这还差不多。"益美喝完雄策为她泡的热柠檬茶,接连打了几个哈欠,便进入了梦乡。雄策嘴角露出一丝不易察觉的笑意,他提起柳鞭，蹑手蹑脚潜入益美的房间，反锁上门，关了灯。

十二点半左右，只听见有人在门外轻轻喊道："益美，你睡了吗？"接着就听见轻轻旋转门把的声音，见门已反锁了，这人才放心地离去。没多久，门外突然响起了益美所说的低沉的口哨声。

这时，雄策的心里也充满了恐惧，他一手抓住柳鞭，一手抓着手电筒，在黑暗中瞪大眼睛。随着口哨声渐渐逼近，他的额头上渗满了冷汗，牙齿"格格"打颤。当口哨声戛然停止，床上却响起"啪"的一声。

雄策打开手电筒往床上照去——天哪！一只身长三十公分以上的大蜘蛛正舞动着毛茸茸的脚在床上爬行，被电筒一照，那大蜘蛛迅速抬起前面的两只脚，迎面扑了过来！雄策提起柳鞭狠狠地朝它抽去，"啪——啪——啪——"

大蜘蛛吓得缩起了身子。这时诡异的口哨声再次响起。听到口哨声，大蜘蛛迅速爬到天花板上，一溜烟地钻进了天花板的洞里面。就在口哨声停止的那一瞬间，隔壁房间忽然传来了尖锐的惨叫声："啊！可恶！是我……是我啊……"

紧接着，隔壁房里又传来"轰"的一声。

"糟了。"雄策冲进了隔壁房里，只见倒在地上的那人正是益美的叔叔片桐敏郎，他已经断了气，大蜘蛛尖锐的毒爪还在不停刺着他的脖子……

第二天，雄策带着益美离开了温泉宾馆。火车上，益美望着火车窗外的绵绵细雨，轻声叹了一口气："原来这一切都是我叔叔搞的鬼……"

"是的。那半夜的口哨声是命令蜘蛛的暗号。"

"你怎么知道这一切的呢？"

"是这样的。那天，当你说到'恶魔毒手'时，我突然想起了从前看过的一本书。后来我在图书馆查到，那是一种生活在中国台湾南部的毒蜘蛛，任何人被它咬一口都会死，由于它毛茸茸的八只脚张开像人的手，所以当地人称它为'恶魔毒手'。它还有个特殊的习性，就是喜欢听口哨声。片桐博士每天买蚊子就是喂蜘蛛，当我知道他不再需要蚊子时，我断定他肯定要对你下毒手。所以我在你喝的柠檬茶里加了安眠药，然后潜入到你的房间，结果真被我猜对了，这个歹徒正是你的亲叔叔！"

"我不明白，叔叔为什么要置我们于死地呢？"益美显出一脸的落寞。

"傻瓜，还不是为了你祖父留给你们的遗产吗？他竟想出了这么残忍的阴谋！"

（改编：成　方）
（题图：箭　中）

怪　床

巴巴拉是一个外省青年,他准备结婚,便随身携带了很多钱,去巴黎置办一些结婚用品。不料,火车在路上出了点事故,午夜时分才到达目的地。

这一下可难坏了巴巴拉,这当口到哪里去找旅店?以前他听到过不少有关夜晚巴黎街头的暴力事件,现在一想起就不寒而栗。但老是在车站呆着也不是事儿。不得已,巴巴拉硬着头皮走出了车站的出口。

在车站广场,巴巴拉伸着脖子四处打量,猛地,他发现不远处就有一家旅店,心里一喜,便急速地穿过街道,向那家旅店走去。

这是一家二流旅店,底层大部分用作赌场。透过玻璃门,巴巴拉看到许多人在赌桌旁玩纸牌、掷骰子,甚至还听到了轮盘赌具的轻微转动声。这时,他心里有些懊悔来这里了,但他马上转念一想:唉,不管怎么说,住在旅店都比怀揣巨款在街上荡来荡去要强!想到此,巴巴拉下意识地摸了摸围在腰间的钱袋子,并仔细地扣好了外衣,推门进了旅店。

旅店值班的伙计打量了一番巴巴拉,随即给他开了一间405房。巴巴拉登上楼梯,走过一条长长的通道,找到了那间房。锁上房门,巴巴拉立马有了一种安全感。他环视了一下整个房间,并仔细地察看了床的下面和壁橱的内部,又认真地检查了窗户,在确认万无一失后,巴巴拉才脱掉外衣,把钱袋压在枕头底下,上床睡觉。

巴巴拉想强迫自己入睡,但今晚偏偏办不到,甚至连合上眼皮都感到挺费事,他的头脑非常清醒,每根神经都警觉着。巴巴拉躺在床上辗转反侧,各种睡姿都尝试过了,却依然没有丝毫睡意。他不禁叹息起来:自己即将要度过一个不眠之夜了。

眼下能做什么呢?什么也做不了!没有书好读,没有可供消遣的东西,甚至连一粒安眠药都找不到。巴巴拉尽量想往好处去想,但还是不由自主地想到了种种不祥之事。他用胳膊肘支撑起上半身,环视着整个房间,美丽的月光如水银一样洒满了房间,同时也勾画出种种奇形怪状的阴影。不看则已,越看这些阴影,巴巴拉的心里就越觉得害怕。

巴巴拉睡的是一张有四根粗床柱的大床,柱端有个床顶罩着;床顶四周有挂幅和幔帘把床整个地围住。在巴巴拉刚走进房间时,他已把这些幔帘撩到了一边。房间里有张梳妆台,还有一个高大的多屉柜,一个盥洗架,两张直背座椅。床边有把扶手椅,巴巴拉的外衣和领带就放在上面。

借着月光,巴巴拉看清对面墙上有一幅十分离奇的画:一个西班牙绅士戴着高顶帽,帽顶像个圆锥,上面插着五根羽毛。巴巴拉不免笑了起来,他知道如今只有妇女才戴这种帽子。这个滑稽的家伙目光朝上,好似正面对着审判官或是绞刑架。

突然,巴巴拉觉得自己的眼睛有些发花,他眨眨眼睛,又使劲地揉了揉眼,天啦!怎会出现这样的事?那帽顶上的羽毛到哪里去了?他再也看不到那几根羽毛了!没一会儿,连帽子也看不见了!当巴巴拉睁大眼睛再看一次时,发现油画上那个人的脸部也在渐渐消失——现在他只能看到那人的下巴尖了,紧接着只能看到那人的胸部和腰部了。巴巴拉纳闷了:"我是在做梦吗?我神志不清了吗?是画像在往上'走'呢,还是床顶在往下降?"

巴巴拉的心似乎一下子凝结住了。顷刻间,一股阴森的冷气笼罩着他的全身。他在枕上四面张望,想弄明白这张床究竟是不是正在移动。他又朝那幅画像看了一眼,这一下他确实看清楚了:床顶挂幅的阴影已在画中人的腰部之下。慢慢地,画中的人像和画框的底边全部消失了。

巴巴拉不是一个胆小的人,但是当他朝上望着床顶并确信它正在朝自己慢慢移来时,他感到绝望了。他清楚地意识到,有人想用这张床把他活活闷死在这儿。

巴巴拉屏住气息,默默地朝上看着。往下,往下……床顶悄无声息地缓缓往下沉降。恐惧似乎越来越牢固地把巴巴拉束缚在褥垫上,使他动弹不得。往下,往下……床顶在一点一点地向他逼近,巴巴拉差不多已嗅到了床顶上那积尘的气息。很明显,要不赶紧爬起来,他就会被怪床压死。眼看着床顶就要压到巴巴拉身上了,说时迟,那时快,巴巴拉侧身一滚,落在了地板上,心里"怦怦"狂跳,脸上汗珠"滋滋"

直冒，眼看着床顶还在继续下降着……终于紧紧压在了褥垫上。

直到此时，巴巴拉才看清了，结结实实的框架上绷着一幅又厚又大的衬垫，框架中央有一个像榨酒机上使用的那种巨大的木头螺栓，螺栓是从天花板上的一个孔穴里伸下来的。这可怕的装置无声无息地平稳运转着。巴巴拉吓得魂飞魄散，身体软绵绵的，一点也动弹不了。

过了一会儿，突然，床顶又"咯咯"地移动起来，慢慢向上升去，不多时，就寂静无声地升回到四根床柱的顶端。显而易见，有人在楼上操纵这怪床！此时，巴巴拉终于喘过气来了，他站起身，迅速穿好了衣服。他预料歹徒们很快就会赶来，收拾残局，销赃灭迹。

巴巴拉焦急地看着窗外，猛见到窗旁有一条排水管，心里一阵狂喜。他明白，沿着排水管滑下去就可以脱身。他轻轻地抬起了窗子，不发出一点声响。当他的一条腿跨过窗槛时，突然想起自己没拿钱袋——他无论如何也不能丢掉这笔钱啊！于是他快速返回取来钱袋，紧紧地扎在腰间。

别看巴巴拉是个年轻后生，走南闯北倒也有好几年了，滑下排水管道对他来说不过小菜一碟。下到地面后，巴巴拉就尽快地赶到了警察局。

警长立即下令包围那家旅店，进行调查。接着，巴巴拉领着警长，直奔自己刚住过的405房间。警长检查一番感到很惊奇，又带人去了楼上的505房。他踩了踩地板，下令把地板拆掉，并拿过灯来向里面照去。人们发现这间房的地板和楼下那405房的天花板之间有一个很深的夹层。歹徒们就是在这里操纵那根螺栓来升降床顶的，而且，还有一条秘密通道通向位于过道的一间小密室。

巴巴拉见此，心有余悸地问警长："这帮家伙是怎么知道我身上有钱的？这张床还杀过其他人吗？"

警长腆着肚子，拍拍巴巴拉的肩膀，笑嘻嘻地说："小伙子，你立大功了！最近我们碰到不少自杀者，他们的口袋里一般都有遗书，说他们是在赌窟里输得一干二净，觉得无颜见亲人而自杀的。现在总算弄清楚了：这些可怜的受害者中有许多是曾经在赌博中赢了大笔钱的，事后被人劝说到那间房中去过夜，接着就在睡梦中被怪床窒息致死。然后，杀人凶手们写下伪造的遗书，放进被害者的口袋，再把他们的尸体抛进河里。"

巴巴拉问道："可我并没有赌钱啊，他们为什么会打我的主意呢？"

警长晃着大脑袋说："旅店的伙计可是精明极了。任何人身上有没有钱，他们看一眼就能估摸得出。"巴巴拉听罢，惊得吐了吐舌头：我的妈呀！真是林子大，什么鸟儿都有。看来得赶紧买好东西，打道回府呀。

(编译：崔叶盛)
(题图：张恩卫)

无穷流毒

时值正午,大侠李赫奉老婆之命出去买冰糖葫芦。他本想先去衙门处理些差事,没想跟屈捕头多聊了几句,竟过了吃饭的时间,要是买不到冰糖葫芦,回去就不好跟老婆交代了。于是他出了衙门,直奔西街。

走进西街,他突然感到气氛不对:平日里车水马龙的街道,此刻却空荡荡的。店铺都已收摊,楼房也都门窗紧闭。他猛地想起屈捕头要他帮忙的那件事:号称漠北"四大毒"之首的"流毒无穷"万厄,最近频频作案,四处散布一种叫"无穷流毒"的毒药。此毒以醋为引,借着醋味,可杀人于无形。而中毒者先是咳嗽不止,然后不断加剧,最后心肺俱裂而亡,怪不得人们惊恐成这样。

李赫心中不禁思量：这"流毒无穷"到底是何来头？

转了一圈，依然不见卖冰糖葫芦的肖老头，李赫不免有些心灰：罢了，看来这顿骂是免不了了。想起老婆的脾气，李赫心里竟有些发毛。

出了城，李赫箭步如飞。走到城郊时，突然一声惊喝破天而来，李赫一怔，听声音竟似曾相识，他循声拐入一片密竹林中。只见密林空地处，一个青衫剑客正与一黑衣人斗成一团。青衫剑客大喝一声，利剑陡长，霎时已攻出一十三剑。

李赫认了出来，这青衫剑客正是阔别多年的故友"潼湖十三剑"胡三元。那黑衣人一脸刀痕，凶神恶煞。他刀法刚猛，辛辣歹毒，刀刀致命。十三剑刚过，胡三元便处于下风，他急忙呼救："李兄，快出剑救我。"李赫当即拔剑，与胡三元前后夹击。黑衣人一不留神，被李赫一剑穿心，钉死在地上。

利剑抽出，血水四溅。胡三元一声惊喝："李兄小心！"便纵身扑了过来，将李赫推开去，避开飞溅的血水。李赫一脸不解，胡三元连忙解释道："李兄有所不知，此人正是'四大毒'之首'流毒无穷'万厄。他所散布的'无穷流毒'，见血疯长，当真流毒无穷。我已暗中跟踪他一个月了，时至今日，已有百余人死在他手上了。"

李赫倒吸了一口凉气，暗自庆幸。胡三元绕着死尸走了一圈，继续说道："这种毒传染途径之广，传染速度之快，令人难以置信。甚至有人还说，人在说话的过程中都有可能传毒。李兄可得当心。"

李赫道："此皆传言，未免夸大了吧。"说话间，他发现林外闪过一个人影，那人好像高高举着一根草棍，模样与卖冰糖葫芦的肖老头有几分相似。

胡三元见李赫发愣，问道："李兄，怎么了？"李赫随口而出："冰糖葫芦……"胡三元一听，竟吓得倒退了几步。李赫一怔，随即笑道："没想到这么些年了，胡兄怕甜的毛病还在。"胡三元尴尬笑道："年幼时曾掉进糖缸，险些溺死，从此落下这个毛病，怕是改不了了。"

见"流毒无穷"万厄彻底断气，李赫道："这等事，还是让衙门的人来处理的好。寒舍离此处不远，走，咱俩好好喝一杯。"说罢，取出随身带着的信号弹，当空点燃，以此来通知衙门的人。

却说李妻在家中等李赫买冰糖葫芦回来，可眼见老公出去了几个时辰，现在早过了吃饭时间却还不见人影，不免生起气来，心想要怎么治治老公，好让他有个教训。

李妻将菜又热了一遍，眼珠一转，顿时有了主意。她取出醋坛，倒了一碗醋。

"姐姐，你在干什么？"弟弟傻根咬着手指走进来。李妻笑眯眯道："这是给你姐夫喝的，他鼻子不好，分不清醋和酒。最近江湖中流传一种毒药，专门以醋为引。姐姐吓唬吓唬他，看他还听不听话——唉，跟你说这干吗——来，帮姐姐端出去。"

正说着，只听前门响动，李赫高声说道："老婆，胡兄弟来了。"李妻闻声，赶紧迎出厨房。

望着姐姐的背影，傻根傻笑几声，眼角突然闪出一道狡黠的光。他从怀里取出一个小纸包，将包着的一堆粉末倒进醋碗里，又拿起筷子搅了搅，这才小心翼翼地把醋碗端出厨房，摆在桌上，接着又咬着手指傻笑着溜出门去。

李赫招呼胡三元入座。李妻道："不知胡兄弟要来，没准备好菜。我给胡兄弟倒酒去。"说着又进了厨房。

免了老婆一顿臭骂，李赫心情无比舒畅，他端起醋碗，递给胡三元，说道:"胡兄,先喝口酒压压惊。那'流毒无穷'的毒,我看也是言过其实,不必放在心上。"

胡三元接过碗,醋味扑鼻,这哪里是酒嘛。胡三元把碗端在嘴边,不知如何是好。

李赫以为他客气,便劝道:"怎么,还在为'流毒无穷'的毒心烦么?大丈夫天不怕地不怕,没什么大不了的,喝吧。"见胡三元还有些犹豫,李赫不快了:"你该不会怀疑这也有毒吧?"胡三元望了望李赫,眉头一皱,猛灌了一大口。

醋一入喉,他突然惊叫一声,脸色骤然变青,双手掐着自己的脖子,哑声道:"这醋,有……"接着就是一阵猛咳。"醋?"李赫打了个冷战,本能地向后退开几步,难不成真是"无穷流毒"?

胡三元神色痛苦异常,满脸通红,脖子上的青筋暴胀,嘴巴微张,想要说点什么,可突然又是一阵疯狂的咳喘,那咳嗽声简直撕心裂肺。危急之下,李赫当机立断,一剑出鞘,正中胡三元死穴。胡三元气绝倒地,终于解脱。血喷了出来,却溅在李赫脸上。李赫浑身一颤,顿时惊呆了。

李妻听到异响,从厨房里冲了出来,见此变故,也吓得目瞪口呆,手中酒碗落地,摔成碎片。李赫一个激灵,急忙喝道:"不要过来,这醋有毒。"迟疑片刻,竟横起了剑,向自己的脖子抹去。

李妻一声惊叫,正在这时,只听"当"的一声锐响,李赫手中的剑突然脱手飞出,连同一枚五角棱镖一齐钉在木墙壁上。门口暗处,一人夺门而入,来的正是衙门的屈捕头。

屈捕头惊道:"李大侠,发生了什么事?"李赫道:"别过来,我们都中了'无穷流毒'。"

屈捕头一声叹息,摇头道:"唉……误传,这都是误传。怪我来迟了一步。"李赫一听,愣在当场,屈捕头继续说道:"你才刚走,衙门就把元凶逮住了。原来,那个该死的醋贩子,为了几个铜板,居然把劣质的山西陈醋卖到这里来。大伙都喝出毛病,又一时找不出病因,恐慌之下,病急乱投医,结果就闹出了人命。于是以讹传讹,居然编出了'无穷流毒'这样的混账事来。"

"什么?"李赫一听,腿一软,竟一屁股瘫坐在地上,惊慌问道,"那死在竹林里的'流毒无穷'万厄又是什么人?"

屈捕头黯然叹道:"我正打算发布告示,却突然接到你的信号,赶过去一看,那人不是别人,正是假扮'流毒无穷'的副总捕头。他两个月前离奇失踪,原来是为了立此奇功,假扮'流毒无穷',想把真的'流毒无穷'引出来,谁知因此丢了性命。我怕加重误会,特意赶来跟你说一声,谁知……胡兄弟他……发生了什么事?"

李赫望着地上阔别多年的故友,无可奈何地低下了头,许久才有气无力道:"这么说他并没有中毒,可我明明看着他喝醋后毒发,那症状……"屈捕头拿起醋碗嗅了嗅,说道:"这醋很新鲜,不像有什么问题。"李妻怯怯道:"是啊,早上还拿来蘸饺子吃呢。"屈捕头问道:"除了你,还有谁动过醋坛子?"李妻应道:"除了傻根,没见有别的人。"

李赫闻言,从地上一弹而起,夺过醋碗,用手指沾了醋,放进嘴里舔了舔,接着朝门外破口大骂:"傻根,你这个白痴!又在醋里面放糖了……"

(丑　时)
(题图:刘斌昆)

女房东

韦佛是来自伦敦的漂亮小伙子,这天,他接受伦敦总公司的指令,到另一个城市巴斯工作。由于时间紧迫,当天他就整装出发了。晚上九点钟,火车抵达巴斯。

出了火车站,韦佛想先找一家旅馆住下来,便顺着大街往前走,突然发现一幢房子的窗户上,贴着一张红纸广告,路灯照射在那上面,字迹显得非常清楚,上面写着:"供应床位和早饭。"

他停了下来,探头向窗内望去,首先看到的是壁炉中跳动着的火焰,在火炉前面的地毯上,卧着一只漂亮的猎狗,屋子里是暗淡的,但可以看得出里面的家具和摆设都非常精致。房间的一角摆了架钢琴，另外有一张沙发和几张靠背椅。在另外一角，有只大鹦鹉在笼子里。韦佛平时就喜欢动物，因此，他不由得对这幢屋子生出好感来。

于是，他转过身爬上石阶按响了门铃。开门的是位老妇人，五十岁左右，老妇人一见到他，就微笑着说："请进，请进。"随后欠欠身让他进来。韦佛解释说："我正在找住宿的地方。"

老妇人说："我知道，给你准备好了，亲爱的。"韦佛小心翼翼地问道："住一晚多少钱？""一晚上五先令六便士，包括早饭。"这么便宜？韦佛不禁脱口而出："好的，就这样吧，我很喜欢这里。"

"进来吧。"老妇人说。她的确是太好了，就像一位母亲招待到家里来的儿子的同学。韦佛脱下帽子，进到屋里去。

"这幢房子全是我们自己的。"老妇人领着他上楼，转过头来对他说，"你要知道，我并不是常有兴趣让人住进我的房子里来。"

韦佛心想，这个老太婆真有点怪，但嘴里却客气地说："我还以为这里宾客如云呢。"

"不错，亲爱的，是有很多人想住进来，但是我得挑选人，我有我选择的条件，你懂我的意思吗？""啊，我懂。"

"不过，今天我又能打开门迎接一位贵宾，这真是一个莫大的荣幸，亲爱的，"她说到这里，突然停下来，转向韦佛，碧蓝的眼睛把他上下打量着，"请相信我，像你这样的人的确很难找。"

他们爬上三楼。"这一层就是你住的了。"她指着第一间房间说，"这就是你的房间，希望你会喜欢。"韦佛跟着老妇人进入一间大卧房，打开灯后，他不禁看呆了，一切陈设都非常精致讲究，比豪华大饭店还漂亮，但只要五先令六便士，今晚真是捡着大便宜了！

老妇人说:"哦!韦佛先生,在毯子里我已放了一个热水袋,如果你仍感到冷的话,可以往壁炉里再添些木柴。"

"多谢,真的谢谢。"韦佛说着拿开床罩,发现毯子已经铺好,只等着人躺进去。

"你来了我真高兴,"老妇人两眼盯着韦佛,"刚才我还放心不下哩。"韦佛感到她的话非常受用:"您不必为我操心。""亲爱的,晚饭怎么办呢?你大概还没吃晚饭吧?""我一点都不饿,只想赶快睡,因为明天我一早就要起来,到公司去报到。"

"那好!不过,麻烦你到客厅去登个记,履行一下手续。"说完,老妇人微微挥了挥手,就走出了房间。此时韦佛是完全放心了,他看出这位女主人不但没问题,而且还慷慨得很。也许她是有个儿子在战争中丧生,所以喜欢在年轻人身上付出爱心,以求心灵上的补偿。

几分钟后,他就整理好一切,洗完手下了楼。他走进客厅时,发现女主人不在,但壁炉里的火还是燃着的,那只小猎狗还是卧在那里,屋子里非常温暖,使人感到舒服,他搓了搓手想:"我的运气真不坏!"

他发现在钢琴上有本旅客登记簿,于是拿出钢笔来,在上面写下自己的姓名住址。在他写的这一页上,另外还有两个人,一个是来自英格兰的亚克,一个是来自苏格兰的邓普,韦佛心里一动,觉得这两个名字好熟,似乎在哪里听过。"邓普?亚克……"他自言自语道,尽量在记忆中搜索。

"是的,都是非常迷人的男孩。"一个声音在他身后响起,他吓了一跳,转过头来,只见老妇人站在他身后,手里端着一个大银盘,上面放着整套的银茶具。

韦佛说:"这两个人的名字听起来很熟。""真的?那太有趣了。""这真的有点奇怪,也许是在报纸上见过,不过他们并不是名人,比如体育明星,对吧?""体育明星?"老妇人把银盘放在长茶几上,说,"哦,我不认为他们有什么名气,不过两个人都非常英俊,这倒是真的。他们都像你一样,又年轻又英俊,亲爱的,的确就像你一样。"

韦佛接着又看了看登记簿,这次他注意到上面的日期,发现邓普来这里,已经有两年多了,而亚克还要早一年。

"老了,"她轻轻地叹了一口气,"真是岁月如梭,一晃眼就是三年多了,以前都没想到这一点,你想到过吗?韦金斯先生?"

"我姓韦佛。"韦佛说。

"哦,对不起,韦佛先生,我真笨,老是记不住你的名字,我常常会这样,听到别人的名字立刻就忘掉了。不过,我们不必为这伤脑筋,你先坐下来喝杯茶,然后吃点饼干,我弄的茶味道还不坏,你可以尝尝。"

"谢谢,你真的不必这样麻烦。"韦佛站在钢琴边,看老妇人忙着摆茶具和点心,发现她有双白皙的手,指甲上还涂着红色的指甲油。"等一等,"韦佛突然若有所悟地说,"我现在敢肯定是在报纸上看过他们的名字,邓普……亚克……"

"茶里要加牛奶,还是加糖?"

"牛奶好了,多谢。亚克……对了,他是读伊坦中学的,对了!"

"伊坦中学?"她说,"那是不可能的,亚克先生来我这里的时候,乃是剑桥大学的学生。别管这些了,坐到我旁边来,喝点茶再说。"她拍了拍长沙发的空位。韦佛走过去坐在沙发边上。

他们开始喝茶,差不多沉默了三分钟。但韦佛明白老妇人一直在注视着自己,而且这时候他闻到一股从她身上散发出的气味。

最后还是老妇人先开口说话:"亚克先生很会品茶,我活了半辈子,还未见过像他这样讲究喝茶的。"

韦佛立即问道:"我想,他离开这里不久吧?"他心里还是在想着这两个名字,现在他能肯定是在某家报纸的头条新闻中见过他们的名字了。"离开?"她皱了皱眉头说,"亲爱的孩子,他从来没离开过,他现在仍然住在这里,邓普先生也在,他们都住在四楼,他们俩住在一起。"

韦佛听不懂了,诧异地看着女主人。老妇人对他笑了笑,用手轻轻拍了拍他的膝盖:"亲爱的,你多大了?""十七岁。"

"十七岁!"她轻呼着说,"啊,那是最完美的年龄,亚克先生也是十七岁,但看上去他比你矮了一点,而且他的牙齿也没有你这样白,你有一副很漂亮的牙齿,你自己知不知道,韦佛先生?"

这位女主人像在评判东西一样,接着说:"当然,邓普比你们俩都要大些,实际上他已经是二十八岁了,不过他要是不告诉你,你怎么也猜不出,我生平没有见过如此完美的,他全身上下没有一点瑕疵。"

"什么?""他的皮肤就像婴儿一样细嫩。"

谈话中断了一会,韦佛端起茶杯慢慢地喝了一口,然后放了回去,他在等女主人继续说下去,但她似乎有意保持沉默。她只一面静静地看着他,一面咬着下嘴唇。

最后还是韦佛忍不住先说了话:"那只鹦鹉,我刚进来的时候,还把我给唬住了,我还当它是活的呢!"

"可惜,它早就死了。"

"我不明白怎么会弄得这样逼真,要不是没听它叫过一声,真会把它当成活的。谁有本事弄成这样?"

"我弄的。"女主人回答说。

"你弄的?"

"当然,"她说,"你也可以和我的小贝尔见见面。"她指了指那只卧在壁炉前面的小猎犬。突然间韦佛也想起来,这只狗和那只鹦鹉一样,自他进屋以后,都没有动弹一下。他伸出手摸了摸,狗背上又冷又硬,又是一副制得非常好的标本。

"天!"他赞叹道,"真的弄得太好了,完全跟活的一样!做起来真不容易吧?"他忍不住把钦佩的目光投给老妇人。"的确不容易,"她说,"在我这只小宠物死了以后,我亲自把它制成这样。喂,你还要不要茶?"

"谢谢,这茶有点苦,好像放了不少的柠檬。"

"你签好了登记簿?"

"哦,签好了。"

"那很好,如果以后我忘记你的名字时,可以在那上面查。对亚克先生和……"

"邓普先生,"韦佛补充说,"对不起,我要问一下,这两三年中,除了他们以外,还有没有别的客人?"

她含有深意地对韦佛笑了笑:"没有了,除了你。"

韦佛此时觉得头在发昏,眼睛怎么也睁不开,但突然灵光一闪,他想起在什么地方看到过亚克和邓普的名字了:不错,是在伦敦一家报纸的头条新闻看见过,他们是到巴斯城不久,就无缘无故地失踪了。

接着,他在半昏迷中听到女主人温柔地笑着说:"你真是十全十美,我会把你做成更完美的标本,让你永远住在三楼,我会每天都来欣赏你……"

(改编:达 摩)
(题图:箭 中)

皮影绝唱

皮影艺人潘京乐五岁拜师学艺,八岁登台献技,不但会操控皮影,还精于皮影戏具的制作,二十岁不到,他的名字就传遍了方圆百里。

这天,潘京乐单人独驴带着两箱皮影道具走出自己演熟了的地界,到邻省去开戏。

黄昏时分,他来到一个小村落,被村里一户复姓上官的人家请了去。上官家有个大儿子,在外面做皮货生意,家境颇为殷实,老爷一看来了个演皮影的,便留潘京乐在村里演三天戏。

上官家在院子外头搭起了一个戏台,戏演到高潮时,坐在前排的老爷张着没牙的嘴,太太们瞪着大大的眼,都痴痴地盯着台上。潘京乐操着皮影道具,一抑扬,一顿挫,一腔三折,一叹三调,男女老幼,学谁像谁,把戏台下的人都深深吸引住了。

三天戏演下来,看着老少爷们满意的笑脸,潘京乐心里很得意。就在他收拾东西准备上路的时候,上官家老爷让管家把潘京乐请了去。

原来上官家还有个少爷,不单喜欢看"一口叙说千古事,双手对舞百万兵"的皮影戏,而且还格外痴迷于皮影道具的收藏。老爷让潘京乐给少爷做几个皮影人,上官家愿意支付潘京乐丰厚的酬金。潘京乐何乐而不为呢?于是他爽快地答应留下来。

少爷给潘京乐看他收藏的数十个皮影人,个个神态逼真。少爷说,其实他特别喜欢三国里的吕布与貂蝉。先前有过一个皮影人吕布,这次他想请潘京乐帮他做一个貂蝉,这样成双作对,才算得上十全十美。

潘京乐点头道:"上好的皮影人,要用上好的皮子才好。"

少爷一摆手:"这个你不用操心,我自会挑选上好的皮子给你。"

潘京乐于是提出想看看少爷的皮影人吕布,以便制作貂蝉时能够在风格上与它统一。

少爷迟疑了好一阵,才挺不情愿地拿出来。潘京乐接过一看,不禁心里暗暗叫绝:这个皮影人制作精美不说,就是用的皮料,也绝非一般牛羊猪皮所比,难怪少爷不肯轻易示人。

潘京乐本想问问少爷这皮料出自何物,但见他一副莫测高深的样子,只得作罢。

少爷说,这次仍要亲自去挑选制作貂蝉的上好皮子,所以让潘京乐先好好休息几天,待皮子一到,抓紧做。

潘京乐其实是个闲不住的人,实在觉得百无聊赖,便在村里串起了门子,也渐渐和大家混了个脸熟。

这天,潘京乐一大清早起了床,在村子里散步。别看这个小村子地处偏僻,但环境幽深宁静,山水纤尘不染,几天走下来看下来,潘京乐已经喜欢上了这个地方,他心想:若能在此修一茅屋,辟一良田,倒也逍遥自在。

沿着清澈照人的溪水,潘京乐慢慢地走着。突然,他看见有个一身素衣的清纯女子正在溪头浣洗,细一看,原来是村里一个叫水莲的。潘京乐曾经听人说起过,这是个苦命的女子,一年前才嫁过来,男人长得相貌堂堂,谁料只在婚礼上见了一面,男人就突然没了踪影。

潘京乐挺同情水莲的遭遇,正要上前招呼,不料一脚踩在溪边松脱的泥块上,只听"扑通"一声,人就掉进了溪河里。

潘京乐是个旱鸭子,到了水里就只会胡乱扑腾,水莲见了急忙扑下水来拉他,憋足了劲才把他拖到溪岸上。

潘京乐狼狈不堪闹了个大红脸,再也无心闲走下去,于是就折身回了上官家给他安排的歇息处。

上官少爷不在家,潘京乐料想他是去找制作貂蝉的皮子了。可是一直到晚上,少爷也没有回来。没了可以说话的人,潘京乐想起白天救了自己的水莲,还没好好谢过人家哩,于是就决定上门去当面谢谢她。

顺着路人指点,潘京乐走街过巷,在村西头看到一处十分破旧的宅院,这就是水莲的家。

潘京乐轻轻推开院门,见院子里房间倒是不少,可全是黑漆漆一片,仿佛一个个张大了嘴的鬼怪似的。潘京乐心里不由惶恐起来,他拿不定主意,自己到底要不要进去。

就在潘京乐犹疑不决的时候,蓦地,他看见里面有一间屋亮起了一豆烛光。潘京乐不敢莽撞,轻轻走过去,用食指蘸着唾液在薄薄的窗户纸上戳了一个小洞,想先看看房里的动静,果然就看见水莲的背影。

潘京乐惊喜万分,正要招呼,猛地就见上官少爷不知从屋里什么地方蹿出来,一把就把水莲抱住了,然后狠命脱她身上的衣服,嘴里还嚷嚷着:"我的小乖乖,我还从来没见过你这么好的皮肤呢!"

水莲死命地挣脱,骂道:"你这个畜生!你放手!不然我就死在你面前！以后我男人回来了，绝饶不了你！"

"嘿嘿，你还指望你男人回来？"上官少爷得意地狞笑道，"他早已经做了我的'吕布'啦，你也成全我，做我的'貂蝉'吧！"

水莲一怔："你，你这话是什么意思？"

水莲一时没听出上官少爷这话的意思，可站在院子里的潘京乐听明白了，他浑身一颤，一股寒气顿时从脚底升起。

房间里，上官少爷恶狠狠地对水莲说："我实话告诉你吧，你男人已经做了我的刀下鬼啦！谁叫他长得这么俊？嘿嘿，我就要他做我的皮影吕布。"

上官少爷说到这里，伸出两只魔爪，死死掐住水莲的脖颈："哈哈，我成全你们，你就一辈子做我的貂蝉吧！"

这一切，潘京乐在屋外看得真真切切，他又怒又急，想要冲进去救水莲，却不料脚下一滑，被什么东西绊倒在地，只听"咚"的一声，他的头撞在窗下的一块大石头上，两眼一黑就晕了过去……

第二天，潘京乐醒来，发现自己已经回到歇息处，正躺在床上。是谁把自己送回来，又是什么时候送回来的，他都不知道，但除了上官少爷还能有谁呢？他知道上官少爷绝不会放过自己，但他什么都不顾了，昨晚在水莲家看到的那一幕，已经深深地烙在他的脑海里。潘京乐立刻起身朝村西头走去，想去水莲家看看她到底怎么样了。

只见一路上所遇之人，个个脸色惨白。潘京乐上前询问，一个老汉摇头叹息："昨晚不知为何，村西头的水莲突然死在自家屋里，浑身血淋淋的，皮都没了，唉——"

潘京乐心头一震，咬牙切齿地说："这畜生，到底还是被你得了手！"

这天夜里，上官少爷自己不出面，让管家把皮子送到潘京乐处，逼他连夜就开始制作，为了让貂蝉和吕布成为完美的一对，他让管家把皮影吕布也一起送了过来。

看着眼前这一切，想想水莲在世时的模样，潘京乐泪流满面。他握紧拳头，在心里说："水莲啊，还有那位我没有见过面的兄弟，我一定要为你们报仇！"他带着这两张皮子，摸黑来到水莲家，将他们悄悄合葬于一处……

第二天，村里传出一个消息，上官少爷突然死于房中，与此同时，皮影艺人潘京乐也不辞而别，去向不明。

自此，皮影戏台上，再也无人听到潘京乐那令人叫绝的吟唱……

（包作军）
（题图：刘斌昆）

鬼保安

吴金顺自己办了一家玩具厂,厂子在他的细心打理下经营得还不错,生意挺红火。

这天,吴金顺来到双桥镇,和当地的一家纸箱厂洽谈合同。这纸箱厂的厂长姓刘,眉角有道疤,人们都叫他刘疤拉。刘疤拉为人很热情,白天给吴金顺看完样品后,还拉着吴金顺在小镇上到处转转,尝尝特色小吃。晚上,就招呼吴金顺睡在厂子的招待所里。说是招待所,其实也就是两间平房,但里面有卫生间,被褥、枕巾也都是新的,特别是这段时间客人少,招待所一到晚上就没人了,很清静,所以吴金顺觉得挺不错。

半夜里，吴金顺正睡得迷迷糊糊的，突然听到外面院子里有个低低的声音说道："娘，吃药啦！"

吴金顺冷不丁从床上坐起来，用手掐了一把大腿，确认自己不是在做梦。这时，院子里又传来一声："娘，喝水。"

吴金顺一个激灵，这下完全醒了，心想：坏了，这地方八成闹鬼了。吴金顺抱着被子在床上缩成一团，大气都不敢出。半响，听外面没动静了，便壮着胆子爬起身，悄悄来到窗前。透过窗玻璃，吴金顺看到一个男人蹲在院子里，更为恐怖的是，院子里的大槐树下放着一口棺材，男人正往里面倒什么，时不时还会有细弱的女人声音响起。吴金顺的头发都要竖起来了，赶忙跳上床拉过被子蒙住头，再也睡不着了，竖着耳朵留意外面的声响，这一夜的风听起来都有了鬼气。

好不容易熬到天亮，吴金顺推开窗子，却见院子里空荡荡的，什么都没有，没有棺材，没有人，他不禁犯了迷糊。刘疤拉刚好过来陪吴金顺吃早饭。吴金顺一把将他拉进屋，问道："老刘，你这厂子以前是不是坟场？"

刘疤拉诧异了，说这可是他家的老宅改建的，怎么会和坟场扯上关系？吴金顺叹了口气，把昨晚遇到的怪事原原本本说了一遍。想不到，刘疤拉听后竟然哈哈大笑起来，他拍着吴金顺的肩说："老吴，你误会了。这也怪不得你，我应该早点儿告诉你的。你昨晚上看到的是厂里的免费保安，傻子刘二，人人都叫他'鬼保安'。"

"鬼保安？"吴金顺疑惑道。

"是啊。刘二这孩子小时候得了脑炎，后来病治好了，却成了傻子。人虽傻，却是个孝顺孩子。那年他娘病死了，他说什么都不让埋，硬说他娘只是生病睡着了，还会醒过来，每晚都给他娘端汤喂药的，守在棺材边一晚不睡。就这样，已经五年了。"吴金顺听了不禁唏嘘，却也有些吃惊：这尸体五年不埋，岂不要腐烂？

刘疤拉解释说，棺材里当然不是真的尸体，她娘早埋了，里面躺着的只是个穿衣服的假人罢了。每天晚上，只要把棺材放到树下，刘二就来守着，喂水喂药，还给他娘唱歌儿呢。白天他困了，有人把棺材抬走，他就回屋睡觉。厂里管他吃住，就当是雇了个免费的保安，反正也不用付工钱。以前厂里总有小偷光顾，雇两个保安巡逻都不顶用。可自打这刘二来了，就再也没有遭过贼，连一个纸箱都没丢过。

"小偷们都知道，我这儿闹鬼呢。"刘疤拉窃笑着说。

听了刘疤拉的话，吴金顺若有所思。

第二天，吴金顺和刘疤拉签了合同。但在签下正式合同前，吴金顺提了一个附带要求：他想把刘二带走。因为觉得这孩子孝心可嘉，另外自己厂子里也经常丢东西，需要个尽职的保安看夜，而在城里雇个保安管吃住，每月工资少说也要七八百。刘疤拉心里老大不情愿的，但转念想想吴金顺是厂子的大客户，得罪不起，以后还要长期打交道，也就只好忍痛割爱了。他对傻子刘二说吴金顺要带他娘去城里治病，刘二高兴得手舞足蹈，自然也就跟着去了。

吴金顺带着刘二，拉上了棺材准备回城。那口棺材只有一米半左右，是板子钉的，又轻又薄。

临走前，刘疤拉嘱咐吴金顺说，棺材走到哪儿，刘二就会跟到哪儿，到时候别让他饿着就行。刘二给他当了五年保安，刘疤拉心里多少有些不舍。吴金顺满口答应下来。

吴金顺把刘二带进厂子，给他收拾了间屋子安顿下来，马上辞退了原来的保安。到了晚上，吴金顺如法炮制，让人将棺材搬到厂子大院。

工人们面面相觑，不知道吴金顺葫芦里卖的什么药。

第二天天还没亮透，吴金顺就进厂察看，一进门就看见院子里的棺材还在那儿摆着，刘二趴在棺材盖上睡得正香呢。吴金顺赶忙派人去看仓库里的玩具，一清点，发现少了两箱。

吴金顺是又生气又心疼，但又不好向傻子发作，便怒气冲冲地打电话给刘疤拉。刘疤拉听了，忙说道："糟糕，我忘了给你录音带了。"

"什么录音带？"吴金顺问。

原来这刘二长期熬夜守护，睡眠严重不足，夜里很容易睡着。于是刘疤拉专门找人录了盘带子，到了晚上就把录音机放在棺材旁边，循环着放给刘二听。刘二只要一听这录音，马上就会跳起来。

第二天，吴金顺收到了刘疤拉快递来的录音带。这录音带里只有一句话，隔段时间响起来："儿啊，娘心口疼。"

吴金顺把录音带放给刘二听。只一声，刘二脸色马上变了，发疯似的四处寻找娘的棺材。可找遍了整个院子，也没见着棺材的影子。刘二脸上渗出黄豆大的汗珠，大声喊着："娘，娘，你在哪儿？你在哪儿？"问了几声，刘二竟捶胸顿足，号啕大哭起来。吴金顺呆住了，赶紧让人把棺材搬出来。一见到棺材，刘二欢天喜地地跑过去，端来自己吃饭的碗凑到假人跟前说："娘，吃药啦！"

周围的人个个目瞪口呆，吴金顺再也看不下去了，突然转身，快步走进办公室。刚进门，他就狠狠给了自己一巴掌，拿起电话，拨了一串号码，开口第一句话是："娘，吃药了没？"

(叶　梓)

(题图：刘斌昆)

第二天晚上,那个武士按时来接芳子。和前一天的情形一样,芳子演奏得相当动人。然而她这次溜到寺外的举动,被寺里的小和尚发现了。天亮了,芳子回到寺中,老和尚立刻找到芳子,对她说道:"一个小姑娘深夜在外游荡,太危险了。老实告诉我,你晚上去哪儿了?"

芳子支支吾吾地对老和尚说:"师傅,没什么……"

老和尚见芳子不说实话,更为担心。老和尚不再追问,私下吩咐寺里的佣人暗中留心芳子的举动。

这天晚上,芳子又被武士领走了,寺里的佣人发现后,立刻提着灯笼,远远地跟着芳子。

晚上下着细雨,四周乌漆麻黑。佣人好不容易才跟上芳子,走到街上,已看不到芳子的踪影。一个瞎子的步伐能这么快,的确十分蹊跷。佣人到芳子平时喜欢去的地方找她,都扑了个空。佣人正准备打道回府,突然从阿弥陀寺旁的墓园里传出一阵琵琶声,佣人壮着胆子找了过去。

佣人来到墓地前,见芳子竟独自坐在墓地旁,冒着雨,对着安德天皇的坟墓,把琵琶弹得震天响,唱着坛浦会战的故事。再看芳子的四周,每一座墓碑上方都有一团绿莹莹的鬼火,不断地上下飘动。

见到此情此景,佣人不禁打了几个寒颤,他鼓起勇气低声叫唤道:"芳子!芳子!你被鬼魂迷着了……芳子!"

但是芳子充耳不闻,反而愈弹愈起劲。佣人顾不得凶险,上前抓住芳子,在芳子耳边说:"芳子!芳子!……快,快跟我回去!"

这时,芳子不耐烦地对佣人说:"真是胡来!在贵人的面前捣蛋,会受到重罚的!"

佣人早已汗毛直竖,他不由分说地拖着芳子离开墓园,把她带回了寺中。

一回到寺里,老和尚立即烧了驱邪的热汤喂芳子喝下,芳子终于清醒了,一五一十地把事情的原委告诉了老和尚。

老和尚叹息一声,说道:"芳子!因为你有举世无双的琵琶天赋,注定要遭到这不可思议的厄运。这是平家武士家族的游魂找上你了,如果你再听从游魂的指示,你迟早会失去性命!"

芳子总算明白了,她惊恐地说:"师傅,明天你哪儿也别去了,请留在寺里保护我。"

老和尚为难地说:"我已经答应明天去别人家做法事,不能食言。不过还是有个法子,我一会儿把经文护身符贴到你的身上,这样一来,游魂就看不到你了。"

这天傍晚,老和尚将抄满经文的护身符贴遍了芳子的全身,连脚底板都不放过。贴完之后,老和尚对芳子说:"今晚,你绝对不可以开口和来人说话,也不可以挪动身体。否则必死无疑!"

深夜来临了,芳子依照吩咐,把琵琶放在走廊上,自己坐在琵琶后面,然后一动不动地打起坐来。

不一会儿,熟悉的声音响了起来:"芳子!"

芳子屏住呼吸,保持打坐的姿势,气都不敢透一下。

"芳子!"第二声变得凄厉起来,芳子依然不出声。接着,第三声犹如魔刀般刺耳:"芳子!"

芳子心头乱跳,一股阴风围着她直打转,夹着喃喃细语:"没有回答哩!这个小姑娘很可恨!跑到哪里去了?再找找看!"

接着,芳子耳边传来一股寒气,那个声音自言自语地说:"这里放着琵琶,奇怪!琴师哪里去了?咦?这里有两只耳朵!原来如此,芳子的身体已经没有了,只留下一对耳朵。既然找不到芳子,就把这对耳朵带一个和尚说:"方丈莫要紧张,我佛慈悲,灵验无比,这多半是那施主感念佛恩,所以才把银子涂上鲜血,敬奉我佛,以表虔诚……"

"怕是不至于这般简单啊!"三德大师叹息一声,挥挥手,叫他们各自散去了。

入夜,三德大师在佛堂诵念了一夜的经文,祈求佛祖护佑那敬奉血银的施主和众生平安,永保寺庙香火鼎盛……

第二天一大早,三德大师的好友茶翁拎着一只竹筒,笑呵呵的,一进寺庙就问三德老和尚哪里去了。有人指了指佛堂,说三德大师正在念佛诵经。

"这大清早的,不睡觉,不喝茶,念什么佛诵什么经啊!"茶翁边走边喊,"三德,三德,看给你带什么好东西来了!"

原来是岩茶。这种茶出自千年老茶树,老树嫩芽,不仅耐泡,而且叶形完整,汤水清澈,茶味淡雅,犹如深山幽兰,午夜清风,但是这种岩茶却不好得,因为老茶树往往生长在悬崖峭壁上,要采茶就得爬上悬崖峭壁,稍有不慎就会掉下万丈深渊。因此人们常以"岩茶一盏白银一万"来形容岩茶的珍贵。

茶翁是唯一不把这茶当回事的人。据说茶翁是远游至此的高士,就是因为贪恋这里的岩茶,才驻足久居。

每年开春,茶翁就上山,攀上悬崖峭壁去采摘那些刚刚出叶的嫩茶,然后亲手焙制。茶翁并不独享美味,不过这天下,能吃到他的茶的,唯有三德大师,因为茶翁最喜欢听三德大师讲禅。

看到茶翁来了,三德大师轻叹一声,拿出那几锭沾满鲜血的白银,对茶翁说,自从看见这几锭血银后,自己就有一种不祥的预兆,感觉要有大祸降临了。

茶翁安慰道："所谓大祸，莫过于生死。你既一心向佛，还有什么看不开的，还有什么畏惧的？"三德大师惨然一笑。

这天午后，三德大师突然接报，说在大雄宝殿发现了一个可疑人物。

那可疑人物是个老头，骨瘦如柴，神情枯槁，他长跪佛龛前，双手合十，双目紧闭，但眼泪却漫涌而出。老头双唇嚅动，无声地祈祷着。

许久，老头倚着脚下双拐，艰难起身，只见他从怀中摸出两锭红彤彤的东西，放在佛龛前，再次跪下，再次双手合十，落泪、祈祷……茶翁正要上前，被三德大师拦住了。只见老头拄着拐杖步履蹒跚地往门外走，没走两步，就轰然倒地。

茶翁和几个和尚慌忙上前去将老头扶起来，但是老头已经昏厥。在三德大师的指挥下，他们把老头抬进禅房。

三德大师在替老头把脉时，发现他胸前衣衫有鲜血渗出，扯开衣衫一看，不禁大骇。原来老头胸口有一道长长的创口，深如沟壑，似乎都可以看见下面的骨头和骨头下面跳动的心脏。

茶翁见状，急切地问道："他还有救吗？"

三德大师摇摇头，悄声告诉茶翁，老头这伤口差不多已将他身上的血液流尽了，他只怕活不长久，恐怕连三个时辰也熬不过去了。

"是谁造成他这般伤势的？他为何不顾性命来拜佛……"茶翁连着提了一大堆问题。三德大师看了看茶翁，缓缓说道："倘若他能醒来，还能开口言语，一切就都解得开了。"

血债

半个时辰后，老头醒了过来，但已奄奄一息。

长长宽宽的三道血印。后来要将他们入殓,奈何怎么也分不开三人。

葬了三个儿子和雨娘,老油匠带着两个儿媳和两个孙儿踏上报仇雪冤的告状之路。谁知刚到衙门口,就从旁边蹿出几个蒙面持刀的汉子,扑向他们,两个孙儿被当场砍死,两个儿媳拼死抱住行凶者的腿,老油匠这才得以逃脱……

老油匠说完,浑身哆嗦,缩成一团。他说,官府信不过,他只有把最后的希望寄托给菩萨,于是他变卖了所有房产,然后带着银子来到报恩寺,因为听说这里的菩萨最为灵验。

"我把银子在仇人给我留下的伤口里涂上鲜血,敬奉给菩萨,祈求菩萨睁开法眼,为我一家遭受的灭门惨祸申冤雪恨,惩治那凶狠恶毒之徒……"想起一家老小的惨死,老油匠顿觉悲愤难忍,圆瞪双眼,含恨而去。

血案

看着老油匠死不瞑目的样子,围观的和尚们无不痛感悲切,义愤填膺。三德大师伸手要抚上老油匠的眼睛,每一抚上,手一离开,那眼睛就又睁开了……

茶翁看着三德大师,说:"你得说句话,他的眼才合得上。"三德大师看着老油匠,幽幽地说:"老施主,你的祈愿菩萨都已听见了。所谓地不纳垢,天不藏奸,那凶狠恶毒之徒,菩萨自不会留他祸害人间!你只管放心去吧。"老油匠的眼睛慢慢合上了。见此情此景,茶翁不禁仰天长叹。

入夜,三德大师率领众弟子做了一场法会,超度被害死的老油匠一家人。法会完毕，众弟子还不肯离去，纷纷于佛前祷告，祈求佛祖开法眼，惩治凶顽，还众生一个清净世界，祷告一直持续了七天。

就在第八天，从知府衙门传来消息，知府一家被灭门！死者无一例外都是喉管被撕裂，身上衣衫却完整，别处也并无伤痕，只是这些人个个神情恐怖，可能临死前受了巨大的惊吓。

究竟是谁有这么大的能耐，一夜之间轻而易举地就杀掉这么多人，而且其中还有几个武林高手。人们断言，必定是佛祖在惩罚知府，为民申冤，为民除害。

一时间，报恩寺佛祖大显神威的消息就像三月春风一样，吹遍了所有角落。这春风所到之处，民众无不欢欣鼓舞，认为这下有给自己撑腰做主的了。

那些受过官府欺压的，受过恶人迫害的，纷纷前往报恩寺，学着老油匠的做法，用鲜血涂抹银子敬献佛祖，祈求佛祖替自己主持公道，申冤报仇……果然，那些被告的官员、恶人们都得了报应。这下，前来报恩寺求佛的人更多了。

就这样，知府、同知、通判……通共十八名官员，前前后后全被割了脑袋，一时间朝野震惊。

那些贪官污吏，那些为富不仁的，无不惶恐难安，而百姓们都欢欣雀跃，扬眉吐气，都说天不藏奸，佛法无边。

报恩寺里的和尚们，都为自己是这里的僧人感到骄傲，大家的功课做得勤了，礼佛也更加虔诚了。这本是好事，但是三德大师却突然召集众僧，要大家尽快各自散去，远离报恩寺。

众僧不解地问："这是为何？"

三德大师焦急地说："有大祸将降临报恩寺，大家快快散去吧！"

我可准备了一囊上等好茶!"闻听此言,三德大师闭上双眼,念了声"阿弥陀佛",不再言语。

秦天接着说:"有人说我的官印是鲜血凝结而成,这话不假。大师可想知道我最喜欢砍什么人的脑袋吗?和尚!和尚的脑袋光溜溜,没有头发滋扰,一刀下去,'咔嚓'……简直爽利得很!"三德大师睁开双眼,看着秦天,说:"毋跟老和尚打哑谜,此番前来,你究竟想要怎么样?"

秦天一听这话勃然大怒,他质问三德大师,接连发生的数十起惊天命案,都跟报恩寺有关,为什么一有人到报恩寺诉冤,就会有人被杀,而且被杀的多是朝廷命官。

三德大师平静地说:"这都是菩萨灵验,佛法无边!"

秦天不屑地说:"佛曰不杀生!"三德大师一笑,说:"恶人行凶,妄害无辜,菩萨岂会闭目不见?惩恶扬善,也是佛经大义。要让世间清净,菩萨必然会先将邪恶超度……"

"住口!一派胡言,休要拿我当三岁小儿糊弄!"秦天猛地一击桌子,"少年时候我路过庙宇,曾经三叩九拜祈求佛祖开恩,赐我饱饭三餐,却差点饿死路边!如若我不抢得别人半碗稀饭,怕早成了一堆朽骨!什么佛祖菩萨,不过一堆烂泥!"

"阿弥陀佛……"三德大师见秦天口出秽语亵渎佛祖,心中很是不忍。

"大师既然如此虔诚,好,咱们今天就来做个验证。你在里头求佛,我在外头砍和尚的头,如果这菩萨真的灵验,他必然会来阻挡我,他总该不会见死不救吧?"说完,秦天大喝一声,叫士兵将报恩寺僧人全数拿下。

血佛

报恩寺的和尚全部披枷戴锁,被押到大殿前的空地上。和尚们口中念佛,并不畏惧。秦天拈了几根香,面向佛堂装模作样地躬身拜了几拜,说道:"菩萨,你若真的有灵,就立即现身,告诉我谁是杀害那些朝廷命官的凶手,并请将那杀人凶手送到我面前,让我回京复命!"

一个小和尚嗤笑道:"真是妄自尊大,佛祖怎么可能听你的!"

秦天回头看了那和尚一眼,冷笑一声,说道:"小和尚说得好!你既说佛祖不肯听我的,你整日与他为伴,和他熟识得很,那么你就帮我去问问他吧!"话音未落,只见秦天手一挥,一道寒光闪过,小和尚一脸惊愕,刚要扭脖子看站在一旁的三德大师,那脑袋却"扑通"一下掉在地上。和尚们吓得个个面无血色,乱成一团。

过了一阵,秦天说那小和尚去了多时,怕是被佛祖留在西天喝茶去了,他抓出一个和尚,要他去催催。三德大师见秦天又要行凶,厉声大喝:"住手!"秦天冷眼看着三德大师:"大师难道有比这更好的办法,让佛祖告诉我谁是那杀害朝廷命官的人吗?"三德大师双手合十道:"是老和尚我所为!"

"你?你一个老和尚,手无缚鸡之力,除了念得几卷经文,说些蒙昧人的屁话,还有何能耐?杀人?开什么玩笑!"秦天看着三德大师,冷笑一声,抓起身边的一个和尚,把手中尖刀一晃,对着大殿里的菩萨喝道,"菩萨,想必此刻这些和尚都在向你祷告,祈求你救救他们,救救我手里这个和尚。如果你真的善辨忠奸、真的灵验,就赶紧出来制止我!"就在秦天手起刀落之际,只听"当"的一声,他手中的刀断成了两截,随即响起一声大喝:"狗官,休要行凶!"

"看来我今日不死是不行的了。"铁猴子走到三德大师跟前,深施一礼,道了歉意,然后问道,"老和尚,我有一事不明,还请点拨:世间真有佛?"三德大师指了指心口。铁猴子问:"佛真的明一切善恶?真的会让善恶有报?"三德大师双手合十,闭目不语。

铁猴子来到大殿前,给菩萨作了揖:"菩萨,铁猴子从来没有拜过你,今日一拜,只为一事求你,求你睁开法眼,张开法网,将那昏庸皇帝、贪官污吏、邪恶之徒,尽数收罗,打入十八层地狱!如能现世现应,就大快人心了!"说完,他突然双足一顿,整个身子腾空而起,像一支利箭,射向大殿里巨大的柏木柱子,只听轰然一声巨响,整个大殿一阵摇晃……

三德大师睁开双眼,两行清泪潸然而下。铁猴子化作了一道血光,弥漫着整个大殿。大殿里的菩萨,在血光里一片通红。

血茶

铁猴子死了,可秦天并不放过三德大师和寺院里的和尚,但他有点犯愁了:"杀了和尚,烧毁寺庙,传出去又怕后人说我灭佛;不杀和尚,不烧毁这寺庙,只怕还有那些愚昧百姓要前来祈拜,求什么菩萨为他们申冤报仇,咳,你们哪里知道,你们这座报恩寺,让好多官员心生恐惧,他们还真的以为菩萨灵验,要有报应……三德大师你说说,怎么才能让他们安心?"

一个和尚哆哆嗦嗦地大着胆子问道:"铁猴子已死,你还想怎么样?难道你真的就不相信这世上有佛,有报应?"秦天回头瞥了一眼那个和尚,和尚吓得赶紧埋下脑袋。

三德大师说道:"老和尚愿意以一死,换取众僧性命。你可以借'妖言惑众,妖术害人'治老和尚为'妖僧',一把火把老和尚烧了,这样就可以平息传言,让你的那些同僚们安心了。"

"这主意不错!"秦天说,"我就依你,放了这些和尚。"

三德大师要和尚尽快散去,走得越远越好,永远不得再回报恩寺。和尚们见三德大师舍身相救,想到他往日的教诲,不觉悲从心起,个个泪如雨下,于是纷纷要求和他一起赴难,与报恩寺共存亡。三德大师道:"老和尚之死,是为救众僧;众僧之生,是为普度众生!"众僧明白了三德大师的大义,这才叩拜而去。

三德大师问秦天:"我有一宝,可否与你换取这报恩寺的平安?"

秦天问:"什么宝贝?"

"血茶!"三德大师说。

秦天问:"血茶?血茶是什么茶?"

"此茶只应天上有。"三德大师说,在平武有座高山,名叫雪宝顶,终年积雪。有一年,铁猴子去寻岩茶,在陡峭的悬崖边上意外地发现了一株奇怪的茶树,这茶树的树干漆黑坚硬如同玄铁,生长的茶叶却鲜红如同血染,鲜嫩无比。

三德大师是个渊博之人,知道这茶树就是传说中的"血茶",只有树龄达到三千年以上,生长出的树叶才可能是鲜红的。这种茶叶须夜间采摘,倘若在太阳下采摘,一旦离开树枝,不消片刻,血红的茶叶就成了黑色。饮用这血茶须取夜间喷涌的清泉水,以银壶煮开,缓慢冲泡,便可见满室红雾,如绸如纱,而茶汤芳香四溢,沁人心脾。

"竟然如此神奇?"秦天问。三德大师说道:"更为神奇的,是只消一盏茶水,就可让烦恼顿消,感觉大自在!"秦天大喜,叫三德大师拿出来给他看看。三德大师起身来到观音殿,从观音手中取下净瓶,递给秦天。

秦天从瓶中倒出茶叶,只见那茶叶形色如同金针,摊在手心里,不过百十枚。秦天问:"为何只有这么一点?"三德大师叹息说,当年铁猴子刚采摘了一茬血茶,就发生了崖崩,将整棵血茶树连根砸毁。秦天问:"如此珍贵,你们为何不喝掉?"三德大师说,这茶泡出来的汤水鲜红如血,而铁猴子因为杀戮太多,不忍再看见血样的东西;而他是出家之人,惧怕血样的东西。一个不肯喝,一个不敢喝,所以这茶才留存到现在。

秦天哈哈大笑道:"这么一点茶叶赚这么大一座寺庙,老和尚,你真会做买卖啊!"

第二天一大早,秦天叫人在庙门口堆积柴火,并将搜刮的钱财装车,只等烧了三德大师,就出发返京。

三德大师端坐蒲团,已经诵完了一卷经文。这时候秦天走过来,说柴火已经准备妥当,请三德大师上路。

三德大师坦然走上柴火堆,端正坐下,口诵经文。秦天将四方百姓押到庙门口,高声宣读了三德大师的"罪行",说他"妖言惑众,妖术害人"。随着火光升起,四方百姓却一起跪下祈祷。只见熊熊火光中,三德大师端坐的姿势一点没变,还有诵经声从中传出……

秦天大骇,带着兵士,赶着车马,狼狈而去。回到京城,秦天自然得到了皇帝丰厚的犒赏,但是他却怎么也开心不起来。一天傍晚,他拿出那只净瓶,从中倒出几枚金针似的茶叶,想起当日三德大师说的关于这茶的种种神奇,便动了喝茶的念头。

秦天叫人趁着夜色打来泉水,然后用银壶烧煮开来,将那茶叶冲泡。神奇的事情果然发生了,那茶水慢慢地变得血红,升腾起来的水汽在屋子里袅绕弥漫，就像飘舞的丝绸一般，而且那阵阵芳香沁人心脾，叫人沉醉，但是秦天却不敢贸然享用，他生怕茶中有毒，就叫来几个手下，要他们先尝尝。手下端起茶盏，看着那茶水鲜红如同血液，心生惧怕，畏缩许久才喝了一口。茶水刚入口，那些手下就瞪大了双眼，浑身颤栗。秦天还以为他们中毒了，却不想手下跪请秦天再赏他们一口，说从来没喝过这么甘美的茶水。

秦天亲口一尝，果然觉得甘美无比，于是心中大喜，将手下得力干将统统叫来，说他们和自己出生入死，现在有了美味，自然要和他们共同分享。

就在秦天诸人欢欢喜喜品着香茗的时候，奇怪的事情发生了：他们一个个都感觉到燥热得很，发现流出来的不是汗水，而是血红的东西，是血又不像血，红通通的，黏糊糊的，很快就将衣衫打湿了，一个个成了"血人"。不只喝了那茶的秦天诸人，就连他家中的妻儿老小，丫鬟仆役，但凡闻过那香气的，无一不浑身往外冒"血汗"，从头到脚，整个被染得通红。

秦天四处求医，八方问药，却毫无效果。秦天郁郁寡欢，三个月后便死去了。死时，浑身依旧有鲜红的东西不断往外渗出，乃至埋葬他的那片墓地都是血红一片。至于秦天妻儿老小、丫鬟仆役的"血汗病"，三年后才痊愈。

此事广为流传，人们都说是因果报应。报恩寺虽不再有和尚，但是名声却越来越大……

（安昌河）
（题图：杨宏富）